LE FILS

DU

BOURREAU.

2291

y^2.

63720.

IMPRIMERIE DE LEBÈGUE,
Rue des Rats, N° 14, près la place Maubert.

LE FILS

DU

BOURREAU,

PAR

C. J. ROUGEMAITRE.

TOME TROISIÈME.

A PARIS,

Chez GERMAIN MATHIOT,
Libraire, Quai des Augustins, N° 13;

A BRUXELLES,

Même Maison de Commerce, Marché-aux-
Bois, N° 1310.

1818.

LE FILS

DU

BOURREAU.

~~~~~~

SUITE

DU CHAPITRE PRÉCÉDENT.

Plusieurs mois se passèrent encore, pendant lesquels Durivage multiplia tellement ses visites à l'habitation, s'insinua si bien dans les bonnes grâces de Clarenville, que celui-ci regardait comme des jours de malheur ceux où il était privé de son nouveau confident. Peu à peu les préventions d'Elise se dissipèrent; déjà

3.   I

elle pouvait le voir et lui parler sans
répugnance; comme Durivage se main-
tenait à son égard dans les bornes de
la civilité ordinaire; que rien dans ses
discours n'annonçait qu'elle fût l'objet de ses visites, elle parvint à oublier les craintes qu'il lui avait d'abord
inspirées, et à le regarder comme un
ami de son père. Depuis son prétendu
retour, Durivage avait acheté une
plantation à quelques milles de celle
de Clarenville; il avait une grande
quantité de nègres; il avait tout payé
comptant, et la vie qu'il menait lui
avait donné la réputation d'un homme
très-opulent. Il donnait des fêtes, et
depuis long-temps il faisait des ins-
tances inutiles pour engager Clarenville et sa fille d'y assister. Elise, im-

portunée de ces invitations réitérées,
auxquelles elle ne se sentait nulle
envie de céder, avait déclaré avec
fermeté que la mort de sa mère était
trop récente pour qu'elle pût se livrer
à aucune espèce de divertissement. Durivage, quoique intérieurement cour-
roucé d'un refus aussi possitif, fut cependant assez maître de lui-même
pour paraître respecter un motif aussi
sacré; mais il obtint de Clarenville
qu'il l'accompagnerait au moins à son
habitation, où il serait reçu sans faste
et sans appareil, et où il lui donnerait,
sur plusieurs objets, des conseils que son
inexpérience lui rendait nécessaires.
Clarenville, ne voyant dans cette démarche qu'une occasion d'être utile à
un homme que la mémoire de son frère

et sa propre inclination lui rendaient
cher, ne fit aucune difficulté d'accéder
à sa demande et il fut convenu que le
lendemain Durivage viendrait prendre
Clarenville, et qu'ils passeraient la
journée ensemble.

Le lendemain matin Durivage fut
exact au rendez-vous; il emmena
Clarenville, après avoir encore inutilement tenté de déterminer Elise à
les accompagner. Elise restée seule,
se vit libre de se livrer à toutes ses
réflexions, sans craindre d'être dé-
rangée ou importunée. Mais, depuis
long-temps ses idées et ses réflexions
tendaient toutes au même but. En vain
cherchait-elle à attribuer à la mort
de sa mère ses soupirs fréquens, sa
tristesse et son impatience, le nom

de Charles se plaçait involontairement dans chacune de ses pensées, et si quelqu'un avait pu lire dans l'âme d'Elise, il aurait vu que depuis long-temps la mort de sa mère n'était plus que le prétexte de sa douleur, tandis que l'absence du beau jeune homme en était la véritable cause.

Ce jour-là Elise, pour éviter la chaleur du jour, avait pris un livre, et était sortie pour s'asseoir à l'ombre de quelques arbres. Ce fut sans doute sans dessein et sans préméditation que bientôt elle se trouva assise dans le bosquet de citronniers, en face de la croisée, d'où Charles avait jadis fait résonner à ses oreilles les accens de cette voix qui l'avait tant émue. Elle tenait son livre à la main; mais le

livre restait constamment ouvert à la
même page, et ses yeux, sans cesse
attachés sur la bienheureuse croisée,
ne s'occupaient guère de la lecture.
Immobile et plongée dans une profonde rêverie, elle fut tout-à-coup
rappelée à elle-même par un bruit
confus de voix qui se firent entendre
spontanément du côté opposé de l'habitation. Elle se leva effrayée; dans
la situation où elle était, son imagination ne pouvait présager que des
malheurs. Sa première idée fut que des
gens mal intentionnés avaient profité
de l'absence de son père pour venir
piller la maison. Interdite et trem-
blante, elle ne savait si elle devait
fuir, lorsque le bruit redoublant, elle
crut distinguer son nom parmi les

voix bruyantes qui se faisaient entendre. Certaine que c'était elle que
l'on appelait, mais croyant encore
que c'était pour réclamer son secours,
elle hésitait, lorsque ces cris tumul-
tueux s'approchant de plus en plus,
elle se décida à prendre la fuite. Mais
ayant jeté les yeux à la dérobée sur
l'angle de la maison d'où le bruit se
faisait entendre, l'excès de sa surprise
fut tel, à l'aspect de l'objet qui s'offrit
à sa vue, qu'elle faillit se trouver mal.
Passant tout-à-coup de la crainte à
un autre sentiment non moins vif et
qu'il lui fut impossible de modérer,
elle s'élança de la place où la terreur venait de l'enchaîner, poussa un
grand cri et se trouva dans les bras.....
de Charles!

Oui, c'était lui, c'était le beau jeune homme qui venait d'arriver! Il s'avançait avec impatience vers l'asile de son bonheur : quelques nègres l'avaient aperçu; en un clin d'œil, ils avaient instruit leurs camarades de cette heureuse nouvelle, tous étaient accourus sur ses pas; et, malgré les représentations et les menaces de leurs surveillans, ils l'avaient salué avec des cris de joie, l'avaient entouré et accompagné jusqu'à la maison. Passer tout d'un coup des transes de la terreur aux transports de la plus douce allégresse; au lieu d'une bande de voleurs ou d'assassins, se trouver tout-à-coup serrée dans les bras de celui qu'on aime, voilà sans doute l'instant du bonheur le plus vif

qu'on puisse goûter sur la terre, et
c'est celui dont jouissait Elise dans
toute sa plénitude. Sa surprise avait
été si vive, sa joie si grande, que dans
les premiers momens, elle ne sentit
pas l'inconvenance de sa démarche.
Charles lui-même, le prudent Charles
avait oublié toute la réserve qu'il s'é-
tait prescrite ; il pressait Elise contre
son cœur, des larmes de joie mouillè-
rent ses joues vermeilles, et ses yeux
étincelans de bonheur et d'ivresse an-
nonçaient toute la vivacité de ses sentimens. Mais ces momens d'oubli furent de courte durée, Charles parut le
premier frappé d'une réflexion affli-
geante ; son visage reprit à l'instant
cette teinte de mélancolie qui lui
était habituelle : il avait l'air confus,

comme s'il venait de commettre une grande faute. Elise, dont le cœur était trop rempli, s'aperçut à peine de ce changement; mais les cris des nègres la rappelèrent à elle, et avec cette grâce que donne le contentement: « Mes amis, leur dit-elle, je suis satisfaite de votre attachement pour notre ami, et pour vous en récompenser, je vous permets de vous divertir le reste de la journée. »

Les nègres lui répondirent par de bruyantes acclamations, et les quittèrent. Bientôt on n'entendit plus dans les environs que les accens joyeux de la folie, des chants d'allégresse, les sons du galoubet, des castagnètes et du tambourin. Elise et Charles, restés seuls, semblaient embarrassés

de leur situation, ils avaient millecho-
ses à se dire, et chacun d'eux craignait
d'ouvrir la bouche. Elise rompit la première ce silence plein de charmes, pour
inviter Charles d'entrer et de prendre
quelques rafraichissemens. Il la suivit en silence, il était enchanté de se
trouver seul avec elle, après une si
longue absence, et cependant un sentiment pénible lui faisait désirer que
quelqu'un vînt troubler leur tête-à-
tête. En entrant dans le salon, il jeta
timidement les yeux autour de lui,
puis les reportant sur les habits de
deuil d'Elise, comme s'il les remar-
quait alors pour la première fois, il
tressaillit; ses regards inquiets ap-
prirent à Elise qu'il n'était pas encore instruit de la perte qu'elle avait

faite ; elle voulut parler, mais toute
sa douleur se renouvelant alors, elle
ne put que dire en sanglotant : « Ah !
M. Charles !.... Ma mère !.... Ma
pauvre mère !.... » Et succombant
sous le poids de ce souvenir douloureux, elle se laissa aller sur le sopha,
et un torrent de larmes inonda ses
joues vermeilles. Charles, extrêmement ému, et de la nouvelle déplo-
rable qu'il apprenait, et de la situation où il voyait Elise, s'assit à côté
d'elle ; il ne chercha point à la consoler par de vaines paroles, il prit un
moyen plus efficace, il mêla ses larmes aux siennes, et prenant dans sa
main les deux mains d'Elise ; oh ! oui,
dit-il, vous avez bien raison de pleurer : la perte d'une bonne mère est le

plus grand malheur qui puisse nous
arriver! O ma bienfaitrice! que j'é-
tais loin de m'attendre à ce coup terrible ! »

Elise, un peu soulagée en voyant
les larmes du beau jeune homme se
mêler, se confondre avec les siennes, reprit bientôt assez de forces et
de sang froid pour entrer dans les
détails de cette mort funeste et inattendue; puis elle ajouta : « Vous ne
pouvez concevoir combien je me trouvai tout-à-coup malheureuse! Il me
semblait que j'étais seule sur la terre
avec ma douleur! Pas un ami pour
pleurer avec moi! J'étais obligée d'é-
touffer mon chagrin, de cacher mes
larmes, de peur d'augmenter les peines de mon père; au moins si vous

eussiez été ici, M. Charles, nous aurions pleuré ensemble ; je n'aurais
pas été consolée de la perte que j'ai
faite, car je sens que c'est impossible,
mais en partageant avec vous le poids
de mon affliction, je sens qu'il eût été
moins accablant ! Mais, grâces au
Ciel, vous voilà de retour ; je ne serai plus tant abandonnée : promettez-
moi maintenant que vous ne nous
quitterez plus. »

Pendant qu'Elise exprimait avec
toute la candeur de l'innocence les
sentimens de son âme, les yeux de
Charles attachés sur elle, humides
maintenant des douces larmes du
plaisir, brillaient d'un éclat extraordinaire, toute l'expression du bonheur
était dans ses traits ; l'empreinte de

la mélancolie avait entièrement disparu ; il tenait toujours la main d'E-
lise : tout-à-coup ne pouvant contenir l'effusion de sa joie, il presse avec
transport cette main contre son cœur
la couvre de baisers, et s'écrie : « Non
chère Elise, non , je ne vous quitterai
plus !

— Bravo ! Charmant ! Pathétique !
s'écria une voix qui porta soudain l'é-
pouvante dans le cœur de nos jeunes
amis. Tout entier à l'objet de leurs
pensées, ils se croyaient seuls au
monde ! Les cris, les chants, la musique des nègres qui se divertissaient
à la porte de l'habitation, les avaient
empêchés d'entendre les pas de quelqu'un qui s'approchait, et l'atroce
Durivage, qui reconduisait M. Claren-

ville, était à deux pas d'eux, au moment où Charles s'oubliant couvrait
de baisers la main de l'innocente
Elise. A l'exclamation de Durivage,
qui avait précédé de quelques pas
M. Clarenville, les deux jeunes gens,
frappés comme d'un coup de foudre,
avaient tressailli : Durivage, voyant
leur embarras, cachait son dépit sous
un sourire infernal. « Que je ne vous
dérange pas, dit-il presque en grinçant
les dents, je me retire. » Dans ce mo-
ment-là Clarenville entra, et Charles
oubliant tout à la vue de son bienfai-
teur, dont il était séparé depuis si
long-temps, se leva dans l'intention
de voler dans ses bras.

Comme Durivage se trouvait en face
de Charles, avant de se retirer pour

le laisser passer, il le regarda fixe-
ment, dans l'intention de l'intimider
par un regard menaçant ; mais il ne
l'eut pas plutôt envisagé, qu'il poussa
un cri d'effroi et devint pâle comme
un mort. Il recula deux ou trois pas,
comme s'il eût été sur le point de marcher sur un serpent ; il tremblait de
tous ses membres, l'épouvante et
la crainte étaient peintes dans tous
ses traits. Heureusement pour lui son
cri d'effroi se confondit avec le cri
de joie que poussèrent en même temps
Charles et Elise à la vue de M. Clarenville, et il ne fut point entendu. Les
yeux de nos jeunes amis également
attachés sur ce tendre père, ne virent
ni le trouble, ni l'effroi que l'aspect
de Charles avait portés dans l'âme

3. 2

de Durivage ; ils ne s'aperçurent
même pas que ce dernier, incapable
de maîtriser la terreur qui l'agitait,
avait profité du mouvement qui s'était
fait à l'entrée de Clarenville, et avait
subitement quitté le salon. Quand ils
s'aperçurent de son absence, il était
déjà trop loin, pour qu'on pût le rappeler ou le retenir.

M. Clarenville regarda la fuite
précipitée de Durivage comme un
trait de délicatesse de la part d'un
homme qui savait vivre, et qui avait
senti qu'un étranger était déplacé
dans ces premiers momens où l'on a
tant de choses à se dire! Ah! qu'il
était loin d'en soupçonner la véritable
cause! S'il l'eût connue, l'estime aurait bientôt fait place à l'horreur, à

l'indignation et au dégoût. Après
les premiers momens d'épanchement,
Charles rendit compte de sa mission. Il
avait obtenu un plein succès. Il avait
vaincu tous les obstacles, tous les dé-
tours de la chicane et de la mauvaise
foi. Non-seulement il avait recouvré
et mis en sûreté les sommes immenses
que M. Clarenville était menacé de
perdre, mais il avait encore ouvert
à son commerce des débouchés qui
lui promettaient des bénéfices consi-
dérables. Il racontait les démarches
qu'il avait faites, les peines qu'il s'é-
tait données avec une simplicité éton-
nante ; tout ce qu'il avait fait lui paraissait si naturel, sa modestie était
si grande, qu'il s'étonnait lui-même
de l'admiration que sa conduite ins-

pirait à ses auditeurs. L'approbation
de Clarenville, les éloges naïfs qui
de temps en temps échappaient à
Elise, lui causaient une espèce d'embarras, et couvraiént son visage d'une
modeste rougeur.

CHAPITRE XXVIII.

Les Contrastes.

LA foudre aurait éclaté aux pieds de Durivage, qu'il n'aurait pas été effrayé comme il le fut à l'aspect imprévu de Charles. Sans s'inquiéter de ce que l'on pourrait penser de son prompt départ, il fuyait sans regarder derrière lui, comme s'il eût été poursuivi par quelque bête féroce. « C'est lui, c'est lui, disait-il en courant; oui c'est lui, je n'en puis douter, je l'ai trop bien reconnu. Malédiction! S'il m'a reconnu aussi! Qu^e vais-je devenir! » Il arriva à son habitation, essoufflé, hâletant de chaleur et de fatigue ; la colère et la frayeur donnaient à ses traits farouches une expression extraordinaire, qui épouvanta Véronica. « Eh mon Dieu! lui dit-elle, qu'avez vous donc? D'où venez-vous? — Laissez-moi, lui dit-il d'un ton qui fit trembler la vieille, laissez-moi, je n'ai ni le temps ni l'envie de répondre à vos sottes questions! Faites vos paquets et préparez-vous à quitter ces lieux.

— Quitter ces lieux? Je tombe de mon haut! Et où voulez-vous donc aller!

— Au diable! En enfer! partout où je serai sûr de ne pas le rencontrer!

— Le rencontrer? qui? Que s'est-il donc passé d'extraordinaire?

—Point de questions! Faites ce que je vous dis : il faut déguerpir au plus vite. »

Dans ce moment le nègre de confiance venait d'entrer dans le salon, pour prendre les ordres de son maître. Durivage l'apercevant, se lève comme un furieux, le prend par la gorge, en lui criant d'une voix de tonnerre : « Que viens-tu faire ici sans qu'on t'appelle? Viens-tu pour m'espionner? » Et sans lui donner le temps de répondre, il lui appliqua deux ou trois coups de poing sur la figure, ouvrit la porte, et d'un autre coup de poing dans le ventre il l'étendit tout de son long et presque sans vie sur le carreau.

En se retournant, les pieds de Du-

rivage rencontrèrent un superbe lé-
vrier qu'il aimait beaucoup, il tré-
bucha; le monstre aveuglé par la colère, saisit un bâton noueux, et en
asséna un coup si terrible sur la tête
du pauvre animal, qu'il tomba roide
mort aux pieds du monstre qu'il voulait caresser. A la vue de son chien
favori étendu sur le plancher, la fureur de Durivage s'appaisa tout-à-coup,
et, poussant l'animal avec son pied
comme pour s'assurer qu'il ne vivait
plus : « J'en suis fâché, dit-il froide-
ment, mais c'est sa faute, il a mal
pris son temps. »

Véronica, surprise et effrayée d'un
tel accès de fureur, s'était jetée dans
un fauteuil au bout du salon; elle regardait Durivage avec des yeux éga-

rés, la bouche béante ; elle n'osait prononcer un mot, de crainte d'être aussi maltraitée ; elle craignait que le titre de mère ne fût pas une égide assez forte pour la garantir de la férocité d'un tel fils.

Durivage, un peu plus calme, vint machinalement s'asseoir à côté d'elle ; mais Véronica le voyant approcher, tressaillit, et fit un mouvement pour fuir. Il s'en aperçut, et la repoussant assez brusquement sur son siége :

« Eh bien, dit-il, où allez-vous donc ! N'avez-vous pas peur que je vous tue ?

— L'état où je viens de vous voir est bien fait pour effrayer !

— Le nègre s'en souviendra long-

3.   3

temps, s'il en revient ; mais je ne re-
grette que mon chien.

— Encore si je connaissais la cause
qui vous a mis dans une si grande fureur ! On pourrait au moins vous
consoler, vous donner des conseils ;
mais.....

— Mais, mais.... Allez-vous re-
commencer vos questions ! Qu'il vous
suffise de savoir que nous ne pouvons
plus rester ici ! Nous sommes dé-
couverts !

— Juste Ciel ! que me dites-vous-là ?
Mais n'est-ce pas une fausse terreur ?
Etes-vous bien sûr de ce que vous
dites ?

— Puisque je vous dis qu'il est ici,
que je l'ai reconnu !

— Vous l'avez reconnu ! Voilà une

fâcheuse aventure!... Mais qui avez-vous reconnu?

— Je ne vous l'ai pas nommé?

— C'est la première chose que vous ayiez oubliée. Je vous écoute.

— Approchez votre tête, je vais vous le dire à l'oreille.

— Pourquoi donc tant de mystère? Personne ne peut nous entendre, nous sommes seuls ici.

— C'est égal, quand il n'y aurait que ce perroquet!

— Comment vous craignez de parler devant cet oiseau! Vous me faites rire.

— Riez tant que vous voudrez! Cet animal ne répète-t-il pas tout ce qu'il entend? Un mot sorti de son bec peut nous perdre; Ecoutez! Vous

ne devineriez jamais quel est le drôle
qui veut me damer le pion chez
Clarenville ! Figurez-vous donc quelle
a été ma surprise, je pourrais dire ma
terreur, lorsqu'ayant devancé de quelques pas ce vieux pleurard que j'avais
reconduit, je trouve dans le salon sa
petite mijaurée, qui se laissait *lécher*
les mains par.....

Durivage s'arrêta là, s'approcha de
l'oreille de Véronica, et lui dit tout
bas quel était celui qu'il avait surpris
avec Elise. Malgré le plaisir que nos
lecteurs auraient sans doute d'apprendre enfin quel était ce mystérieux
et beau jeune homme, que jusqu'ici
nous nous sommes contentés de nommer Charles, Durivage a parlé trop
bas, pour que nous puissions satis-

faire leur curiosité. Véronica, en sa qualité de femme, sera peut-être quelque jour moins discrète : jusque-là vous n'en saurez pas davantage.

On ne peut se figurer le changement qui se fit tout-à-coup dans les traits de Véronica, lorsqu'elle eut entendu ce que c'était que le rival de Durivage. Elle frappa ses deux mains ensemble et s'écria :

« Serait-il possible ! Voilà un hasard bien extraordinaire ! Mais j'ai peut - être mal entendu , répétez-moi ce que vous venez de me dire !

— Que le diable m'emporte et vous aussi, si je prononce une seconde fois le nom ou la qualité de ce gredin-là ! Rien qu'en y pensant, je sens déjà le feu qui me monte au visage. Si je pouvais le tenir dans un coin !.... »

Véronica avait éprouvé la plus grande surprise; mais il était aisé de voir sur sa figure qu'elle faisait de pénibles efforts pour déguiser le plaisir qu'elle ressentait de la découverte importante qu'elle venait de faire: plus attachée par les liens du crime et de l'avarice à Durivage, que par les liens du sang, l'intérêt, seul, la portait à seconder ses vues sur Elise. On a vu qu'elle avait fait son marché, en cas de réussite, mais elle n'avait point d'écrit de Durivage ; elle n'avait que sa parole, et la connaissance qu'elle avait de son caractère ne la rassurait pas trop sur l'accomplissement de ses promesses. Maintenant elle le te-

nait ; sans s'en douter il venait de lui
découvrir un secret de la plus haute importance : ce secret qu'elle connaissait
seule, mettait également Charles dans
sa dépendance, son sort était entre ses
mains : elle sentit sur - le-champ tout
le parti qu'elle pourrait tirer de cette
découverte, et c'est ce qui donnait à
sa figure une expression de joie qu'elle
cherchait à déguiser, mais qui n'é-
chappa nullement à Durivage. Il avait
cru qu'elle partagerait ses alarmes,
et il eut peine à contenir sa fureur,
lorsqu'il vit que sa confidence n'excitait que de l'étonnement.

« Je crois, ou le diable m'emporte,
lui dit-il, que cette nouvelle vous
cause plus de joie que de chagrin !

— A vous dire vrai, je ne vois rien

de si alarmant dans ce que vous m'a-
vez dit; vous avez reconnu un homme
qui fuirait au bout du monde s'il savait que vous l'eussiez reconnu. Vous
en feriez autant de votre côté dans
la même hypothèse; mais jusqu'à présent tout l'avantage est pour vous.
Rien ne prouve qu'il vous ait reconnu.

— Eh non, de par tous les diables!
mais cela peut arriver, et croyez-
vous que je puisse dormir tranquille,
tant que je le saurai dans mon voisi-
nage?

— S'il ne vous a pas reconnu au
premier coup d'œil, il n'est pas probable qu'il vous reconnaisse par la
suite : il n'a pas les mêmes raisons
que vous pour conserver votre souvenir.

— Dans tous les cas, je ne-m'y exposerai pas. Il faut qu'il·meure ou que nous prenions la fuite; mais je me sens fatigué, j'éprouve même un certain malaise. Je vais me coucher; la nuit porte conseil, et demain·je saurai quel parti je dois prendre. »

Durivage se mit au lit pour méditer par quel crime il pourrait se débarrasser de son rival, dont il avait depuis long-temps juré la mort, pour des raisons que nous apprendrons plus tard. Mais le criminel n'est pas toujours heureux dans ses projets; Dieu se plaît souvent à les déjouer, et c'est ce qui arriva dans cette occasion. Durivage en arrivant avait extrêmement chaud, il avait bu coup sur coup, et il avait bu froid. C'était une impru-

dence que l'on paye souvent de sa
vie, sous ce ciel de feu. La colère à
laquelle il s'était livré, la terreur qu'il
avait éprouvée, les idées qui le tour-
mentaient, toutes ces causes réunies
avaient enflammé son sang, et le lendemain quand Véronica alla dans sa
chambre pour savoir à quel parti il
s'était arrêté, elle le trouva accablé
d'une fièvre violente et dans un délire
effrayant. Véronica se trouva dans un
embarras d'autant plus grand, qu'elle
n'osait mander un médecin ; Durivage,
dans son délire, faisait des aveux et
des projets épouvantables, et, pour
empêcher qu'un tiers ne les entendît,
elle fut obligée de remplir près de
Durivage les fonctions de geolier, de
médecin, de garde, de domestique
et d'apothicaire.

Pendant que le crime se trouvait ainsi accablé sous le poids de ses propres fureurs, celui dont on méditait la ruine, Charles avait par son retour ramené la vie et le calme dans l'habitation de Clarenville. Elise renaissait encore une fois au bonheur; et si la mort de sa mère n'était pas oubliée, au moins ses larmes ne coulaient plus. Elle soupirait de temps en temps encore profondément; mais nous pouvons affirmer que la douleur n'entrait pour rien dans ces soupirs-là, et la bonne Elise aurait peut-être été embarrassée elle-même, si on lui en eût demandé la cause. Bientôt on avait repris le cours de ces occupations si agréables, interrompues durant la longue absence du beau jeune homme.

Les heures ne se traînaient plus len-
tement sur les lourdes ailes de l'en-
nui : avec la musique , le dessin , les
livres et Charles surtout, elles dispa-
raissaient comme des secondes aux
yeux d'Elise , et tous les soirs , lorsqu'il fallait se séparer ; elle exprimait
toujours son étonnement de ce que la
journée était déjà passée. M. Clarenville voyait avec la plus grande sa-
tisfaction le changement qui s'était
opéré dans l'esprit de sa fille ; en
voyant son chagrin dissipé , sa propre
douleur diminua insensiblement ; il
put encore une fois se mêler à la conversation de nos jeunes gens , sourire
aux saillies d'Elise , et trouver de
temps en temps du plaisir à leurs petits concerts.

Grâces aux soins et à la rare intelligence de Charles, les affaires de M. Clarenville étaient maintenant dans un si bon ordre, qu'elles n'exigeaient plus qu'un travail médiocre ; aussi Clarenville, jaloux du plaisir de sa fille, ne souffrait plus que Charles s'occupât de son commerce : les soins qu'il donnait à l'éducation d'Elise, lui paraissaient d'une plus grande importance que le travail de son commerce dont il pouvait s'acquitter seul sans beaucoup de fatigue ; se reposant d'ailleurs sur la probité de Charles et la vertu d'Elise, il les laissait ensemble la plus grande partie de la journée.

Faisait-il bien ? Faisait-il mal ? Je n'oserais tout-à-fait me prononcer,

mais ce que je puis dire, c'est que
Charles, qui autrefois paraissait à
la torture quand il se trouvait un moment tête-à-tête avec Elise, restait
maintenant des heures entières seul
avec elle, sans en ressentir la moindre
contrariété ; autrefois il ne prononçait
que tout juste le nombre de paroles
nécessaires pour donner une explica-
cation sur quelque point d'art ou
de science ; maintenant il se livrait
aux charmes de la conversation avec
Elise ; il entrait avec elle dans de
longues digressions qui n'avaient
aucun rapport avec la leçon du moment ; son air mélancolique s'effaçait
peu à peu ; un doux sourire résidait
habituellement sur ses lèvres où il
avait été si long-temps étranger.

Autrefois, quand par hasard sa main
rencontrait celle de son élève, il tres-
saillait comme s'il eût commis un
crime ; l'obstacle qui mettait entre eux
une barrière insurmontable, se présentait à son esprit, le frappait d'é-
pouvante et d'horreur ; un désespoir
morne et concentré mettait tous ses
muscles en contraction : dans ces momens il aurait voulu pouvoir se cacher à la nature entière, fuir au bout
de l'univers, se dérober dans un antre
sauvage aux yeux de tous les humains
qu'il accusait d'injustice et de cruauté ;
la mort alors, la mort la plus hideuse
eût été pour lui le plus inappréciable
des bienfaits. Aujourd'hui, sans intention, sans savoir comment cela se faisait, il tenait souvent et long-temps

la main d'Elise dans la sienne, et son
cœur palpitait de plaisir. Enfin, les
souvenirs déchirans qui jadis à chaque
mot, à chaque pensée, poignardaient
son cœur, et le remplissaient d'épouvante, ces souvenirs terribles s'éva-
nouissaient, ou ne se représentaient
à son esprit par intervalles que comme
la réminiscence vague d'un songe effrayant, mais dont l'impression di-
minue et s'efface aux rayons du jour.
Ainsi les inquiétudes passées de Charles
s'effaçaient insensiblement par la plénitude du bonheur dont il jouissait
enfin.

De ce que le présent lui faisait
presqu'oublier le passé, nous ne con-
clurons pas que son imagination s'é-
garât dans les illusions de l'avenir;

non, il ne formait aucun plan, il n'a-
vait aucun but déterminé ; il jouissait,
il était content , heureux , il n'en de-
mandait pas davantage , ses vues ne
s'étendaient pas plus loin. Voir Elise ,
lui parler , l'entendre, vivre sous le
même toit, respirer le même air
qu'elle, là se bornaient tous ses vœux,
et ils étaient comblés. L'amour le
plus tendre , le plus vrai , le plus vif
et le plus délicat remplissait son cœur,
absorbait toutes les facultés, toutes les
forces de son âme ; il animait tous ses
discours, il brillait dans tous ses regards, il ornait tous ses gestes , diri-
geait toutes ses pensées, toutes ses actions, et, chose étrange , le nom de
l'amour ne se présentait pas à sa pensée ; oui, il sentait bien, il convenait

3.   4.

bien qu'il aimait Elise ; mais il aurait
dit également qu'il aimait Clarenville,
il croyait que le même sentiment l'a-
nimait pour les deux, et si *l'amitié*
qu'il ressentait pour Elise avait quelque chose de plus vif, c'était son élève,
ses progrès étaient son ouvrage : il est
si naturel de s'attacher à son ouvrage,
de l'aimer, de le préférer ! Non,
Charles ne croyait pas avoir d'amour,
ou plutôt il n'avait pas encore sondé
son cœur, il était sous le charme, il
était sous le pouvoir de la vérité, et
il fermait involontairement les yeux
pour ne la pas voir ; malgré l'oubli
des plus sages résolutions, une voix
secrète, mais à peine entendue, lui
faisait sentir, comme par instinct, qu'il
était pour ainsi dire *proscrit* pour l'a-

mour, et que son bonheur s'évanoui-
rait comme une ombre légère, à l'instant où il s'avouerait franchement l'é-
tat de son cœur.

Elise n'avait pas les mêmes raisons
pour craindre l'amour; aussi aimait-
elle le beau jeune homme de tout son
cœur, et elle ne cherchait pas à se le
dissimuler ; nul doute que quelques
mois plus tôt, Elise habituée à exprimer librement ses pensées et ses vo-
lontés , aurait avoué ingénuement le
sentiment de préférence qui l'attachait
à Charles ; mais l'instruction qu'elle
avait reçue depuis, les lectures qu'elle
avait faites, avaient éclairé son esprit
sur les devoirs que la nature et l'état
de civilisation imposent à son sexe :
sûre d'être aimée, car elle n'en pou-

vait douter, elle savourait son bonheur, en se maintenant toutefois dans
les limites d'une réserve modeste. De
son côté, M. Clarenville, qui aimait
Charles comme s'il eût été son fils,
souriait avec complaisance à l'amour
vertueux de nos deux amans ; son
plus grand désir était de récompenser
les services de Charles, en lui donnant
la main de sa fille et la plus grande
partie de sa fortune. Le mystère qui
couvrait son origine était devenu pour
Clarenville une chose assez indiffé-
rente; quels que fussent les parens
de Charles, il était persuadé qu'il était
né pour faire le bonheur d'Elise, et il
était résolu de passer sur toute autre
considération, dès que Charles lui-
même aurait manifesté ses intentions

à cet égard. En attendant, la joie, le
calme et la vertu répandaient le bonheur dans l'habitation de Clarenville,
tandis que la terreur, la haine, le
crime et la soif de la vengeance faisaient de la maison de Durivage un
enfer anticipé, digne séjour des dé-
mons qui l'habitaient.

CHAPITRE XXIX.

Situation critique.

LA maladie de Durivage avait pris d'abord un caractère grave, et Véronica trembla pour ses jours. Comme nous l'avons dit, sa prudence et la crainte de se compromettre ne lui permirent pas d'avoir recours à un médecin, et ce fut peut-être un bonheur pour Durivage, car un docteur de la Faculté aurait fort bien pu le tuer par respect pour les leçons d'Hippocrate, tandis qu'abandonné aux soins de la nature et à quelques remèdes innocens préparés par Véronica, il échappa pour cette fois à une mort

qui paraissait inévitable. Sa maladie
fut longue ; l'agitation de son esprit,
le trouble de sa conscience nuisirent
long-temps au rétablissement de ses
forces physiques. Trois mois s'étaient
écoulés, et il n'était pas encore en
état de quitter sa chambre. Il proférait
des juremens épouvantables contre son
rival, qu'il menaçait toujours de sa
vengeance ; il tremblait qu'il ne pro-
fitât de son absence et de sa faiblesse
pour lui enlever le cœur, ou plutôt la
fortune d'Elise.

M. Clarenville, dans les premiers
jours, étonné de ne plus le voir,
crut qu'il était de son devoir de lui
rendre une visite, et s'était rendu à
son habitation. Mais Clarenville était
la dernière personne que Véronica

aurait consenti à rendre témoin des
extravagances et des propos atroces
que Durivage proférait dans son délire. On lui fit dire en conséquence
que *son ami* était hors d'état de recevoir personne. Clarenville fut sincèrement affligé de ce contre-temps. Il
aimait Durivage, qui avait réussi à se
contraindre devant lui, et à s'insinuer
dans son esprit à force d'hypocrisie.
Depuis cette visite, Clarenville n'avait
pas négligé d'envoyer de temps en
temps un nègre, pour s'informer des
progrès de sa maladie et de sa conva-
lescence, et ayant appris qu'il était
hors de danger, il se proposait de lui
rendre visite le lendemain, lorsqu'il
le vit entrer dans le salon. Clarenville
était seul, Charles et Elise étaient à

faire la lecture, dans le bosquet des citronniers, cela leur arrivait souvent, et cette lecture durait ordinairement jusqu'à la chute du jour.

Clarenville témoigna à Durivage toute la joie que lui causait le rétablissement de sa santé, et s'informa avec intérêt des causes de sa maladie.

« Ah! mon cher ami, répondit Durivage d'un ton hypocrite, je ne suis pas encore hors de danger, la cause de mon mal subsiste toujours, et je crains bien d'éprouver une rechute, si vous ne venez à mon secours! »

— Moi! que faut-il donc que je fasse? Je ne suis pas médecin.

— Je connais mon mal, le remède

3. 5

est en votre pouvoir, et vous n'avez pas besoin d'être médecin pour me l'administrer. Tenez, malgré l'embarras que cause toujours un aveu de cette espèce, ma franchise naturelle, les tourmens que j'endure, l'amitié dont vous m'honorez, ne me permettent pas de vous déguiser plus long-temps mon état; j'aime, mademoiselle votre fille, jugez de la violence de mon amour, puisqu'il m'a conduit aux portes du tombeau. Je sens que je mourrai si je n'obtiens sa main.

Durivage était au bout de son rôle, il se tût en examinant quel effet sa demande avait produit sur Clarenville. Celui-ci, affligé de l'aveu qu'on venait de lui faire, gardait également le silence. Cependant, comme Durivage

semblait, par ses regards, solliciter
une réponse, il lui dit :

« Si l'amour que vous ressentez
pour ma fille a été réellement la cause
de votre maladie , comme vous le
dites, vous m'affligez beaucoup, et
je vous plains. Il n'est pas juste de dire
que le remède à votre mal soit tout-
à-fait en mon pouvoir, je sais, à la
vérité, que bien des pères disposent de
leurs enfans sans les consulter ; mais
outre que je condamne cet abus du
pouvoir paternel, je ne me sentirais
jamais la force d'en faire usage, quand
même j'en serais capable ; ma fille
est tout ce que j'ai de plus cher au
monde, soit amour, soit faiblesse, je
n'ai jamais pu me résoudre à lui faire
violence pour les choses même les

plus indifférentes , comment le ferais-
je pour un acte aussi solennel que le
mariage ? Croyez, mon ami , que je
me trouverais heureux de vous nommer mon fils ; mais il s'agit du bonheur d'Elise , c'est elle qu'il faut consulter ; je vous préviens que je la
laisse parfaitement libre de disposer
de son cœur et de sa main. Je lui com-
muniquerai vos intentions honorables ; je n'oublierai rien de ce qui
pourra la disposer en votre faveur ;
mais promettez-moi de votre côté ,
que si sa réponse ne vous est pas favorable , vous aurez assez de force et de
générosité pour vous soumettre à sa
décision.

—Ce que vous m'accordez est déjà
plus que je n'osais espérer , vous vou-

lez bien parler pour moi, j'ai lieu de croire que les désirs d'un père ne seront pas sans effet sur l'âme d'une jeune personne aussi bien élevée que mademoiselle Elise. Dans tous les cas, si mon hommage est rejeté, si Elise était insensible à mon amour, aux vœux d'un père et d'un oncle qui la chérissait tant, je ne m'en consolerai pas, cela serait au-dessus de mes forces; mais je tâcherai de me résigner à mon sort, bien persuadé qu'Elise ne me fera pas l'injure de me préférer quelqu'un dont elle aurait à rougir, et dont le nom serait un opprobre pour sa famille.

Il appuya sur ces derniers mots avec une intention perfide; mais sa méchanceté fut en pure perte : Claren-

ville, absorbé par d'autres pensées, n'y
fit pas attention. Durivage venait de
réveiller le souvenir de son frère, et le
vœu que ce dernier exprimait dans la
lettre dont Durivage s'était dit chargé,
à son arrivée, se représentant tout-à-
coup à l'esprit de Clarenville, il se
trouvait dans une perplexité inexprimable. Heureusement Durivage qui, pour
ce jour-là ne voulait pas pousser les
choses plus loin, se levant alors, prit
congé de Clarenville, après lui avoir
encore recommandé ce qu'il appelait
ses plus chers intérêts. Quand il fut
parti, Clarenville réfléchit à la demande qu'il lui avait faite : depuis
long-temps il s'était aperçu de l'attachement que Charles et sa fille avaient
l'un pour l'autre, et il s'en était réjoui.

D'un autre côté la mémoire d'un frère chéri ; l'amitié qu'il avait pour Durivage balançaient fortement l'intention qu'il avait eue d'unir Elise avec Charles ; il ne savait à quoi se décider, et la journée se passa avant qu'il eût pu s'arrêter à aucun parti.

Il ne put fermer l'œil de la nuit ; il craignait également de faire de la peine à sa fille, dont il connaissait l'aversion contre Durivage, et il lui en coûtait d'affliger et de refuser un homme qui lui avait été en quelque sorte présenté par son malheureux frère, dont le souvenir lui était si cher. Dans son dépit, il allait presque jusqu'à maudire la modestie et la timidité de Charles. « S'il m'avait demandé ma fille, pensait-il, je la lui

aurais promise, et je ne serais pas maintenant dans ce cruel embarras. »
Cette idée lui en donna une autre : il ne pouvait prendre sur lui de communiquer à sa fille la demande de Durivage ; il résolut de charger Charles de cette commission, et dès qu'il fit jour, il se leva et alla trouver son jeune ami, qui fut d'abord alarmé de son air sérieux et embarrassé, et surtout de le voir si matin.

Quel coup de foudre pour Charles, lorsqu'il apprit les prétentions de Durivage, et le service que Clarenville exigeait de lui ! Il eut besoin de tout son courage, de toute la force de son âme pour ne pas être tout-à-fait accablé sous le poids de cette cruelle épreuve. Clarenville, qui avait ses

intentions, n'eut pas l'air de s'aper-
cevoir de son trouble, et après avoir
obtenu de lui la promesse qu'il ins-
truirait Elise, dans la matinée, du
sujet de leur entrevue, il le laissa en
proie à la plus violente agitation.

« Grand Dieu ! s'écria Charles
quand il se vit seul, à quelle épreuve
me réserviez-vous ! Je ne puis plus me
le dissimuler, j'adore Elise, mon
existence est attachée à la sienne, et
c'est moi, moi qui me suis engagé à
la jeter dans les bras d'un autre ! Un
autre possédera ce modèle de tant de
perfections ! Non, non, il n'en sera
pas ainsi ! Elise m'aime, pourquoi ne
lui offrirais-je pas ma main ? La tendresse de Clarenville pour sa fille,
son amitié pour moi, tout me garantit

le succès de ma demande!... Tout!
misérable! ai-je donc oublié qui je
suis? ferai-je partager à Elise l'horreur de mon nom et de mon sort?
Non, je ne suis pas né pour le bonheur! L'horreur et le dégoût sont im-
primés sur ma naissance; une barrière invincible est placée entre Elise
et moi! Je ne puis effacer.... non,
amour, honneur, considération, tout
m'est interdit; la vertu seule me reste:
conservons cet unique trésor, soyons
vertueux, dût-il m'en coûter la vie!»

Après avoir pris cette noble et
pénible résolution, il se sentit plus
calme; il essuya les larmes dont son
visage était inondé, et se disposa sé-
rieusement à remplir l'étrange mission
dont il était chargé. Il descendit dans

le salon, où Elise ne tarda pas à se rendre. En la voyant entrer, peu s'en fallut que tout son courage ne l'abandonnât : elle était si belle ! son sourire était si doux ! Il se raffermit cependant, et après avoir amicalement salué Elise, il approcha un siége et l'invita à s'asseoir. Son air sérieux et composé excita la surprise d'Elise, et d'un ton de voix angélique :

« Qu'avez-vous donc, Monsieur Charles, lui dit-elle, je vous vois un air solennel qui ne vous est pas ordinaire ; la leçon sera donc bien sérieuse ?

— Pour l'instant, il n'est pas question de leçon, mais d'une commission extrêmement difficile, si difficile, qu'en vérité je ne sais comment commencer. Cependant j'ai promis à monsieur votre père d'obéir, et....

— Mon père ! il a quelque chose à me communiquer, et il vous en a chargé ? J'augure que ce ne peut être qu'une chose très-agréable !

— Vous en jugerez bientôt ; il s'agit de vous proposer un époux !

— Un époux ! mon père a-t-il douté de mon empressement à me conformer à ses désirs ? Ah ! parlez, Monsieur Charles, parlez, je brûle d'apprendre ce que vous avez à me dire ! »

Charles pâlit, et d'une voix extrêmement émue : « Ainsi, dit-il, voilà ma mission remplie, et je puis annoncer à Monsieur Clarenville que vous accueillez la demande de M. Durivage?

Élise pâlit à son tour. Durivage !

s'écria-t-elle ; c'est lui qui demande
ma main ! Ah ! j'étais loin de deviner
que vous vous fussiez chargé d'une
semblable commission ! »

Et en même temps des pleurs abon-
dans coulèrent le long de ses joues.
Puis jetant sur Charles un regard où
se peignait toute la tendresse de
l'amour : « J'avoue, lui dit-elle, que
je me suis cruellement trompée ; je
m'étais imaginé que vous m'aimiez ;
mais.... »

Elle ne put achever : les sanglots lui
ôtèrent la parole. Charles, hors de lui,
se précipita à ses pieds, saisit une de
ses mains qu'il couvrit de baisers :

« Si je vous aime, Elise ! vous
avez pu en douter !

— Eh bien, Monsieur, dit Elise,

à qui la joie de cet aveu rendait tout-à-coup l'espérance et sa gaîté natu-relle, eh bien, quand on aime quel-qu'un, on ne l'offre point en mariage à un autre, entendez-vous ! Ce n'est pas moi qui me chargerais de vous pro-poser d'épouser une autre demoiselle !

— Les désirs de M. Clarenville ne sont-ils pas une loi pour moi ?

— Fort bien, vous avez rempli les désirs de mon père ; il attend ma ré-ponse ; dites-lui donc que, puisqu'il me trouve en âge d'être mariée, je suis toute prête à me marier ; mais *avec vous*, entendez-vous ?

— Avec moi ! juste ciel ! à peine puis-je croire à mon bonheur !... Mais non, jamais je n'aurai le courage de lui dire cela !

— Non ! Eh bien, je le lui dirai moi-même ; êtes-vous content ?

—Elise ! gardez-vous-en bien ! Ah ! mon cœur égarait ma raison. Non, je ne puis être votre époux. Songez donc que je dois tout aux bienfaits de monsieur votre père, et pour prix de ses bontés, je lui ravirais sa fille unique ! Ah ! je serais un monstre d'ingratitude !

— Monsieur, vous savez combien je suis franche. Eh bien ! je vous dis que vous seriez au contraire un monstre d'ingratitude si vous ne m'épousiez pas. Si vous croyez devoir quelque reconnaissance à mon père, pouvez-vous vous acquitter plus dignement qu'en faisant le bonheur de sa fille ? Ne suis-je pas votre ouvrage ?

N'avez-vous pas formé mon esprit et
mon cœur ? Et ce cœur, pourrai-je
jamais le donner à un autre ? Donne-
rai-je ma main à quelqu'un que je ne
pourrais aimer ? Non, Monsieur, c'est
vous que j'épouserai !

« Oui, ma fille, oui, tu l'épouseras !
dit M. Clarenville qui les écoutait et
qui ne put modérer plus long-temps
son impatience : depuis long-temps
c'était mon vœu le plus ardent. »

Nos deux amans, surpris, enchan-
tés, ravis, tombèrent spontanément
aux pieds de Clarenville, et s'écrièrent
en même temps : « Mon père ! — Oui,
dit Clarenville, en les relevant et les
pressant tous deux dans ses bras, oui
vous êtes tous deux mes enfans, et je
suis le plus heureux des pères.

Il serait difficile de rendre un compte exact de ces premiers mo-mens d'ivresse et de bonheur. Long-temps ce ne furent que des mots interrompus par des larmes de joie : quand le cœur est aussi plein, la bouche trouve peu de paroles pour s'exprimer. Peu à peu, cependant, on se calma, et on délibéra sur les moyens de faire connaître à Duri-vage le refus qu'Elise faisait de sa main, sans trop blesser son amour-propre. Elise, toujours prompte, trancha la question, et se chargea de la réponse; elle était conçue en ces termes :

MONSIEUR,

« Mon père m'a communiqué l'offre

3. 6

« généreuse que vous m'avez faite
« de votre cœur et de votre main.
« Croyez qu'il m'en coûte infini-
« ment d'être forcée de vous dire
« qu'il m'est impossible d'accepter
« ni l'un ni l'autre. Depuis long-temps
» j'ai disposé de mon cœur; si l'as-
« surance de mon estime et de l'a-
« mitié de mon père peut vous dé-
« dommager d'une perte d'autant
« plus légère que vous me connais-
« sez à peine, j'ose croire que vous se-
« rez bientôt consolé d'un refus qu'il
« n'est pas en mon pouvoir de mo-
« difier.

Je suis, Monsieur, etc.

Et sans vouloir écouter quelques
réflexions que Monsieur Clarenville
lui fit sur la sécheresse de plusieurs

expressions de ce billet, Elise le ca-
cheta, et chargea sur-le-champ un
nègre de le porter à l'habitation de
Durivage. Charles alors, libre de
toute contrainte, certain de son bonheur , semblait avoir entièrement
oublié le passé; ou s'il y pensait
encore, il ne le voyait plus que
comme un songe pénible, dont il ne
reste qu'un souvenir vague. Il adorait
Elise ; Elise ne dissimulait plus son
amour pour lui, et se livrait inno-
cemment aux brillantes espérances de
l'avenir. M. Clarenville, en voyant
l'amour et le bonheur étinceler dans
les regards de nos jeunes amans,
semblait également avoir entièrement
perdu le souvenir de ses pertes cruel-
les ; depuis long-temps il n'avait été

aussi heureux; à la vérité il aurait
bien désiré que Charles déchirât enfin le voile qui couvrait son origine;
mais, fidèle à la promesse qu'il lui
avait faite, il se garda bien de lui
témoigner ce désir; il avait été trop
souvent témoin de l'impression terrible que faisait sur l'âme de ce jeune
homme la moindre parole qui avait
quelque rapport, ou direct ou indi-
rect avec cet objet; il l'aimait, il
l'estimait pour lui-même, et il était
bien persuadé que quel que fût le
mystère qui enveloppait les premières
années de Charles, son cœur et sa
conduite étaient au moins irrépro-
chables.

CHAPITRE XXXI.

Horrible Découverte.

ENFIN ce jour si ardemment désiré, ce jour fixé pour l'union de nos jeunes amans arriva. Le ciel était pur et sans nuages, la joie brillait sur toutes les figures, jamais un plus beau jour n'avait éclairé une plus belle union. A peine la pourpre de l'aurore avait-elle commencé à éclairer l'horizon, que les nègres que le bonheur futur de leurs jeunes maîtres avaient tenus éveillés, firent retentir les environs de l'habitation de leurs cris de joie et de leurs chants d'allégresse. Elise, aux sons bruyans de

leurs instrumens, sortit de la couche
virginale, belle de jeunesse, d'amour
et de santé; Charles ne tarda pas à
descendre; jamais il n'avait paru plus
beau, l'ivresse du bonheur brillait
dans ses yeux; vainqueur de l'adversité, à ses traits animés on l'aurait pris
pour Apollon, lorsqu'il vient de ter-
rasser le serpent Python.

M. Clarenville enlacé dans les bras
de ses deux enfans, les pressait sur son
cœur, les arrosait des douces larmes
de la joie, et remerciait le Ciel de
lui avoir réservé ces jours de félicité,
après tous les maux qu'il avait souf-
ferts. Les heures s'écoulèrent rapide-
ment jusqu'au moment où toutes les
personnes invitées pour cette auguste
et touchante cérémonie furent arri-

vées. Entr'autres personnes de dis-
tinction, se trouvait M. de ***, gouverneur de l'île. Comme il avait une
estime particulière pour M. Clarenville, et que la renommée lui avait
donné plus d'une fois l'occasion d'ad-
mirer les vertus de Charles, il s'était
fait un plaisir de venir signer le contrat de nos jeunes époux.

Bientôt toute la société, composée
des personnes les plus riches, les plus
titrées, des plus jolies femmes de St.-
Domingue, se trouva réunie autour
d'une grande table, et un déjeûner
somptueux fut servi, avant de dresser
le contrat de mariage. La gaîté circu-
lait avec le vin parmi tous ces nom-
breux convives; les bons mots, les
saillies pétillaient avec le Champagne

et lorsque le repas fut fini, on passa
dans la salle où l'on devait cimenter
le bonheur des deux amans. Le no-
taire lut le contrat, et des larmes de
reconnaissance coulèrent des yeux du
vertueux Charles, lorsqu'il entendit
que Clarenville lui donnait toute sa
fortune, sous la condition expresse de
prendre pour toujours le nom de
Charles Clarenville, avec défense
d'en porter un autre. Il sentit tout ce
que ce procédé avait de délicat; on
lui donnait un nom qu'il pouvait porter sans rougir, et désormais son secret était à couvert. Il ne dit rien,
mais comme ils étaient touchans les regards qu'il fixa sur celui qui venait
de l'adopter pour son fils, et qui lui
en assurait doublement les droits et

le titre. Enfin le contrat est lu, tout
le monde l'a signé, et l'on ne songe
plus qu'à se mettre en marche pour
aller au temple implorer les béné-
dictions de l'Eternel sur le nouveau
couple, et pour rendre indissolubles,
par la sanction du Ciel, les nœuds
qu'ils viennent de former. Elise, belle
et simple comme l'innocence, donne
le bras au gouverneur, Charles les
suit, conduit par Clarenville. La porte
s'ouvre ; mais au moment où le cor-
tège va sortir, un homme s'élance dans
la salle, en criant d'une voix épouvantable : *Arrêtez* ! Il fait reculer tous les
gens de la noce qui le contemplent
avec une sorte d'effroi. Cet homme
c'est Durivage ; ses cheveux sont en
désordre, ses yeux hagards et farou-

ches, sa figure est couverte de sueur
et de poussière, sa bouche est écumante comme la gueule d'un tigre
prêt à dévorer sa proie. « Arrêtez, s'é-
crie-t-il d'une voix plus forte que la
première fois, tant que je vivrai cet
horrible mariage ne se fera pas! »

Tout le monde se regarde; Elise
se sent glacée de frayeur, toutes les
craintes que cet homme lui avait
inspirées renaissent en foule. Charles se sent troublé, un affreux pressentiment s'empare de son esprit;
Clarenville lui-même est épouvanté,
il craint que Durivage n'ait perdu la
raison.

Le gouverneur seul conserve son sang-
froid, et, s'avançant d'un air imposant :
« Qui êtes-vous, dit-il, et de quel

droit venez-vous porter le trouble
dans une famille où vous êtes étranger? — Qu'importe qui je suis! M. Clarenville m'a honoré de son amitié,
je lui ai voué la mienne, et mon devoir, en qualité d'ami, n'est-il pas de
lui tendre une main secourable au
bord du précipice et de le sauver du
déshonneur. — Du déshonneur! Prenez garde à ce que vous dites! Mais
expliquez-vous, et surtout soyez bref,
car nous n'avons pas le loisir de vous
entendre long-temps.

— Eh bien, écoutez-donc; quand
vous m'aurez entendu, vous serez
libres alors de conduire à l'autel deux
époux si peu faits l'un pour l'autre.
J'aime mademoiselle, j'ai demandé sa
main; elle m'a rejeté dédaigneuse-

ment, pour qui? Pour épouser le fils
du bourreau de Blois, oui, le fils d'un
bourreau !

A ces mots tous les assistans firent un cri d'horreur! Elise, la malheureuse Elise, hors d'elle-même,
s'avance vers Durivage : « Scélérat,
lui dit-elle, j'avais bien deviné ton
âme atroce, mais je ne t'aurais pas
cru capable d'inventer une fausseté
aussi abominable, Charles! s'écria-
t-elle, avec des yeux où l'amour se
peignait avec les tourmens de l'incertitude, Charles, mon ami, mon
époux! N'est il pas vrai qu'il ment?
Parle, je t'en conjure, un seul mot,
et je te croirai !

Mais Charles paraissait frappé de
la foudre; à ces mots affreux, fils

d'un bourreau, tout le monde s'était
éloigné de lui comme on reculerait
à la vue d'un serpent : la pâleur de
la mort était sur son front, ses regards, attachés sur le monstre qui venait de renverser l'édifice de son bonheur, semblaient vouloir démêler des
traits qui ne lui étaient pas inconnus.
Tout le monde maintenant avait les
yeux fixés sur lui, tout le monde s'u-
nissait à Elise, l'invitant à parler
et à se disculper de cette horrible accusation. Tout-à-coup le nuage qui
couvrait sa vue se dissipe, il recon-
naît son accusateur ; un sourire effrayant vient se placer sur ses lèvres,
son teint s'anime, sa poitrine se gon-
fle, tous ses membres sont en contraction. Il s'avance de quelques pas,

jette autour de lui des regards animés par la colère et le désespoir, et d'une voix forte : — Oui, dit-il, il n'est plus temps de le dissimuler, oui, on vous a dit l'affreuse vérité, je suis le fils d'un bourreau. »

A cet aveu, un cri d'horreur se fait encore entendre; Elise tombe sans mouvement dans les bras de quelques femmes, qui l'emportent dans un autre appartement. Charles était hors de lui.—Vous me fuyez, dit-il, je suis pour vous un objet d'horreur; et cependant quel crime ai-je commis ? Suis-je responsable de la tache imprimée sur ma naissance ? Qui de vous oserait se vanter d'avoir été plus vertueux que moi?

Pendant qu'il parlait ainsi, Durivage semblait jouir de son triomphe,

un sourire infernal marquait la joie
que lui causait le succès de sa démarche; mais sa joie ne fut pas de longue durée. Charles éleva encore la
voix : « Dès que j'ai pu réfléchir ou
penser, dit-il, l'état de mon père fut
pour moi un objet de dégoût et d'horreur; j'ai tout fait pour échapper au
sort auquel me condamnaient une loi
barbare, les préjugés et l'injustice des
hommes. Une fois, une seule fois la violence m'a contraint d'armer mes mains
de verges et d'un fer brûlant pour flétrir
un criminel; oui, j'ai marqué d'un fer
rouge l'épaule d'un brigand, et ce brigand est celui qui vient de m'accuser!»
Il dit et s'élance hors de la maison sans
que personne songe à le retenir.

Ces lieux où quelques momens au-

paravant tout respirait le bonheur,
l'amour et le plaisir, sont subitement
changés en un théâtre de troubles,
d'horreur et de consternation. Aux
derniers mots de Charles, Clarenville
sort de la stupeur où il était plongé,
le cœur déchiré par la perte de la
brillante perspective qui vient de s'é-
vanouir, il s'en prend à celui dont la
méchanceté indiscrette vient de détruire ses espérances de bonheur, il
s'élance sur Durivage, le saisit par le
collet au moment où il cherchait à
s'échapper; « Infâme, dit-il, découvre tes épaules, voyons s'il est vrai
que le sceau du crime y soit imprimé!
Durivage, tombé dans ses propres fi-
lets, se débat, résiste de toutes ses
forces; il allait s'arracher des faibles

mains de Clarenville ; mais à la voix
du gouverneur, trente mains l'arrêtent, le dépouillent jusqu'à la cein-
ture et bientôt les spectateurs indi-
gnés sont convaincus que Charles a
dit la vérité, tous peuvent contempler
la fatale fleur de lis sur l'épaule de
l'infâme Durivage.

Pendant cette lutte, le gouverneur,
frappé d'une nouvelle idée, avait tiré
un papier de son porte-feuille, il le
lisait et levait les yeux de temps en
temps pour examiner la figure et la
taille de Durivage : c'était un signalement que la veille il avait reçu de
France ; tout-à-coup il s'écrie : « De
par le Roi, assurez-vous de cet homme-
là : c'est l'assassin de Robert Clarenville de Nantes ! »

L'horreur fut à son comble ; monsieur Clarenville surtout recula épouvanté. L'assassin de son frère bien aimé devant ses yeux ! Et il lui avait prodigué des marques d'amitié ! Il avait mangé avec lui ! Il l'avait admis à sa table ! Il se couvrit la figure de ses deux mains, et tomba presque sans connaissance dans un fauteuil. Le gouverneur, toujours calme, fit entrer les soldats qui lui avaient servi d'escorte ; en un clin d'œil, Durivage, ou plutôt Philippe (car c'était son nom) fut garotté et conduit dans les cachots du Cap. « Il faut que je vous quitte, dit le gouverneur à Clarenville, ce misérable vivait avec sa mère, elle doit avoir été sa complice, et je vais en toute hâte m'assurer d'elle avec les

soldats qui me restent, avant qu'elle
ne soit instruite du sort de son fils. »

Après avoir adressé quelques mots
de consolation à Clarenville, il monta
à cheval avec une partie de son escorte et disparut.

CHAPITRE XXXI.

Le Manuscrit.

QUEL changement s'était opéré dans l'habitation de Clarenville en si peu de temps ! O qui pourrait jamais compter sur le bonheur, en voyant avec quelle rapidité il nous échappe au moment où nous croyons le tenir ! Qui pourrait se croire entièrement malheureux, en songeant que les coups les plus terribles de l'adversité ne sont souvent que les avant-coureurs d'un coup plus terrible encore ! Souvent Clarenville avait cru que son malheur était à son comble ; mais tout ce qu'il avait éprouvé jusqu'à ce jour lui pa-

raissait des pertes légères, en comparaison de la catastrophe qui venait de
l'épouvanter. Assis à côté d'Elise, qui
semblait lutter contre les convulsions
de la mort, il la contemplait avec des
yeux ternes, il ne trouvait plus de
larmes. Elise ne sortait d'une faiblesse
que pour retomber dans une autre, les
secours les plus efficaces dans de semblables occasions, ne produisaient
aucun effet; le coup avait frappé le
cœur! Bientôt on fut obligé de la mettre au lit, et la journée entière se
passa entre la crainte et l'espérance;
à chaque instant son père craignait
de la voir mourir.

Vers le soir cependant elle eut un
moment de calme, elle reconnut son
père et sembla vouloir lui parler. Ses

larmes s'ouvrirent alors un passage et coulèrent abondamment; Elise alors fut sauvée. « *Mon père*, dit-elle avec timidité, *où est-il ?* Cette question si simple effraya vivement M. Clarenville ; le danger de sa fille chérie lui avait fait oublier le malheureux qui en était la cause innocente. *Le fils d'un bourreau!* Cette idée dans le premier moment lui avait inspiré tant d'horreur, qu'il n'avait songé ni à retenir Charles, ni à s'informer de ce qu'il était devenu. A son silence et à son air d'embarras, Elise devina la vérité. « Vous l'avez laissé partir, dit-elle, vous l'avez abandonné à son désespoir! L'infortuné! que va-t-il devenir ? »

Ce reproche rendit M. Clarenville

à lui-même, il sentit que malgré la découverte de l'horrible vérité, Charles lui était encore cher, et que si les lois de la société ne lui permettaient plus de le regarder comme son gendre, le souvenir de ses vertus, de ses services ne lui permettait pas de l'abandonner ; en conséquence, il donna sur-le-champ à tous ses nègres l'ordre d'aller à la recherche de Charles, et de le ramener à l'habitation.

Ces dispositions rétablirent un peu de calme dans l'esprit d'Elise ; l'idée de voir encore une fois celui qu'elle avait tant aimé, qu'elle aimait toujours, suspendit la violence de ses douleurs, et bientôt un sommeil réparateur calma ses violentes agitations.

Toutes les courses, toutes les recherches des nègres furent inutiles ;
la nuit et le jour qui la suivit se passèrent sans qu'on pût recueillir le
moindre renseignement sur le sort du
malheureux fugitif. L'inquiétude d'E-
lise n'eut plus de bornes, elle trembla
que, dans son désespoir, Charles n'eût
attenté à ses jours, elle communi-
qua ses craintes à son père, qui s'efforça en vain de les dissiper, en lui
faisant observer que Charles avait
trop de religion pour commettre un
acte aussi criminel. Il lui vint ensuite
dans l'idée que Charles aurait pu
laisser dans sa chambre quelque indice, quelque billet avant son départ.
Il y monta sur-le-champ. Il n'y trouva
rien qui pût lui faire croire que Charles

fût monté dans sa chambre avant de
prendre la fuite ; mais ne voulant rien
négliger pour s'en assurer, il ouvrit
tous les tiroirs, visita tous les papiers ;
et arrêta enfin sa vue sur un manuscrit
dont le titre éveilla son attention. Il
était intitulé : *Le fils du bourreau,
ou la victime du hasard et des préjugés.* Il secoua la tête en lisant le
second titre, et dit en lui-même ! « Des
« préjugés ! Non, ce n'en est pas un
que la nécessité de séparer du reste
des hommes celui qui est chargé de
l'horrible ministère de répandre de
sang froid le sang de ses semblables.
Après ce court monologue, quelques
lignes du manuscrit ayant plus vivement excité son attention, il le prit et
descendit pour faire part à la triste

3.   8

Elise de l'inutilité de ses recherches et de sa découverte. Voici quelle était à peu près la teneur du manuscrit.

Le fils du Bourreau, etc.

« Il y a donc des hommes que Dieu semble avoir créés dans sa colère pour les abreuver de la coupe inépuisable du malheur ; des hommes qui ne sont jetés sur la terre que pour souffrir et maudire leur existence ! Tel est mon partage ! Avec un cœur plein d'honneur, l'infamie s'attache à mon nom ; avec tous les talens que les hommes admirent ou recherchent, je suis à jamais repoussé de la société ! Aucune vertu, aucun effort ne peut me réhabiliter ; aucun sacrifice n'ap-

paisera en ma faveur l'implacable
déesse de l'opinion ; je suis condamné
avant ma naissance, je suis le fils d'un
bourreau ! O mon père ! pourquoi
m'avez-vous donné la vie ! O ma mère !
pourquoi votre tendresse m'a-t-elle
donné une âme ! Oui, c'est la tendresse maternelle que j'accuse ! Il fallait m'élever comme une brute, sans
éclairer mon esprit, je n'aurais pas
senti toute la grandeur de ma misère...
J'aurais eu l'esprit de mon état.

« Mes premières années ne se sont
pas écoulées comme celles des autres
dans la liberté de l'enfance ; je vivais
dans la maison paternelle, seul de
mon âge, et je n'eus point de compagnons de jeux. Il m'était défendu de
passer le seuil de la porte, de franchir

celle qui me séparait de la rue. Souvent monté sur une chaise, je m'a-
musais à regarder par la croisée, je
voyais dans la rue des enfans de mon
âge, qui se divertissaient; mon cœur
volait au-devant d'eux, je sentais le
plus grand désir d'aller me mêler à
leurs jeux; quelquefois j'osais en demander la permission, mais alors mon
père (faut-il que je lui donne ce nom!),
mon père me refusait avec dureté, et
d'un ton qui m'ôtait pour long-temps
l'envie de renouveler ma demande.
Ma mère, au contraire, me répondait
avec douceur, me consolait par ses
tendres caresses, et souvent m'arrosait de ses larmes. O quelle mère j'a-
vais! Oui à présent même, si Dieu, par
un miracle, me laissait la liberté de

choisir une mère , je crois que je n'en voudrais pas d'autre.

« Dès que je commençai à balbutier, cette bonne mère se fit un devoir et une douce occupation de m'enseigner elle-même les premiers élémens de la lecture ; avec quelle patience et quelle persévérance elle luttait contre les obstacles de mon enfance et de mon inattention ! Jamais il n'est sorti de sa bouche un mot de reproche. Lorsque j'eus atteint l'âge de sept ans, elle me donna un maître d'écriture et d'arithmétique, et successivement elle me fit apprendre presque toutes les langues et tous les arts d'agrément. Une chose m'étonnait, c'est que tous les maîtres que j'eus ne venaient jamais que la nuit; et j'eus plus d'une

fois l'occasion de remarquer qu'on les
introduisait et qu'on les faisait entrer
avec les plus grandes précautions. Je
ne savais pas alors ce que cela signi-
fiait ; mais depuis, il ne m'a pas été
difficile de comprendre que mes
maîtres craignaient l'infamie attachée
à une maison telle que la nôtre , et
que le besoin et le désir de gagner
de l'argent pouvaient seuls les engager à braver l'opinion publique.
Mon père se rendait justice et avait
la prudence de ne jamais paraître
devant eux ; ma mère assistait à toutes
nos leçons , moins je pense pour
être témoin de l'exactitude de mes
maîtres et de mes progrès, que pour
les empêcher, par sa présence, de m'é-
clairer sur ma situation. Je ne savais pas

quelle était la profession de mon père,
et je ne m'en inquiétais pas ; n'ayant
aucune fréquentaion au dehors, je
ne pouvais faire de comparaison.

« Une fois cependant, ayant trouvé
la porte ouverte par hasard, je
sortis dans l'intention de partager les
amusemens de quelques enfáns de mon
âge qui jouaient dans la rue; mais je fus
bien affligé quand je vis que ces enfans,
au lieu de m'accueillir comme je m'y
attendais, me repoussèrent avec une
espèce d'horreur, et se mirent à fuir
comme s'ils eussent en quelque chose
à craindre de moi. Je restai seul, et,
rentrant bientôt en pleurant, je ra-
contai avec des sanglots à ma mère
la réception désagréable qu'on m'avait
faite. Ma mère me gronda avec dou-

ceur de ce que je lui avais désobéi ;
et n'eut pas de peine à me faire croire
qu'on ne voyait que de méchans enfans dans les rues, parce que ceux
qui étaient sages ne sortaient jamais.
Cependant à mesure que j'avançais en
âge, mes connaissances augmentaient,
mes idées s'étendaient et ma curiosité
bannissait l'insouciance où j'avais été
jusqu'alors. Je faisais quelquefois à
ma mère des questions sur ce que faisait mon père et sur certaines choses
qui se passaient à la maison, et que
je ne pouvais pas comprendre. Ma
mère éludait mes questions, et m'ap-
percevant qu'elles lui causaient de
la peine, je n'en fis plus. L'éducation qu'elle me faisait donner était
aussi une source de chagrin pour elle;

plus j'avançais en âge, plus cela paraissait déplaire à mon père ; il mon-
trait de l'humeur quand il venait un
maître, qu'il m'entendait jouer de quelque instrument, ou qu'il me voyait
un livre à la main. « A quoi sert tout
cela, disait-il un jour à ma mère ? Il
est bientôt temps qu'il fasse d'autres
études, des études plus utiles, et qu'il
se dispose à me soulager dans mes
fonctions. » Ma mère montra le plus
grand effroi, elle me serra avec inquiétude contre son cœur. — Vos
fonctions ! dit-elle : ah ! ne me parlez
jamais de cela, vous me faites frémir !
— Qu'est-ceci ? Quelle est cette nouvelle lubie ? Tant que ce drôle-là n'é-
tait bon à rien, je vous ai laissé faire
sans vous contrarier ; vous lui avez

3. 9

farci la tête de mille balivernes qui
ne lui serviront jamais à rien. Vous
savez bien que vous n'en pouvez faire
ni un prêtre, ni un avocat, ni un pro-
fesseur, il faut qu'il soit.... — N'a-
chevez pas! Malheureuse! Hélas! oui,
je ne le sais que trop. Grand Dieu !
Ecarte de lui cet instant fatal! Mon
père s'emporta, fit un jurement épouvantable, fit des reproches sanglans
à ma mère de ce qu'elle rougissait de
son état, et sortit en faisant des menaces. J'étais consterné de ce que je
venais d'entendre ; en vain j'en deman-
daï l'explication à ma mère, elle ne
me répondit que par des larmes, et
me quitta, de peur sans doute de trahir son secret.

« Je ne tardai pas à le découvrir cet

horrible secret! Un jour, jour d'affreuse mémoire, mon père était sorti
dès le matin; ma mère, accablée d'un
profond chagrin dont je ne connaissais pas la cause, reposait sur son lit.
J'étais seul avec mes livres, lorsque
le son lugubre de la cloche se fait
entendre, et annonce que quelqu'un
va mourir. Tout-à-coup j'entends des
cris confus; la rue était remplie d'une
foule considérable de personnes de
tout sexe, de tout âge, qui, toutes
couraient du même côté. La curiosité
me gagne: « Où vont tous ces gens-là?
Que va-t-il se passer? me disais-je. »
J'hésite d'abord si je sortirai, malgré
la défense de mes parens; mais la curiosité l'emporte. Je sors avec pré-
caution, pour n'être pas entendu de

ma mère. Je franchis le seuil , me
voici dans la rue , je suis la foule , et
j'arrive sur la place publique. Dieu !
Quel spectacle s'offrit à mes yeux ! Un
malheureux était étendu sur une roue ;
un homme armé d'une barre de fer lui
brisait les membres , sans paraître
ému de ses douleurs et des hurlemens
épouvantables dont il faisait retentir
la place ! Je jette les yeux sur le monstre
qui martyrisait ainsi un homme de
sang-froid, c'était mon père ! . . . .

« A cet horrible aspect, un nuage
épais se répand sur mes yeux , mes
forces sont prêtes à m'abandonner; j'en
trouve cependant encore assez pour me
retirer de la foule , qui , toute entière
à l'affreux spectacle qui l'occupe, ne
fait aucune attention à moi : je m'ap-

puie un moment sur une borne, mais
bientôt de nouveaux cris que la douleur arrachait au patient, réveillent
tout le sentiment de ma honte, je n'ai
plus qu'une crainte, c'est celle d'être
reconnu ; cette crainte me donne des
ailes, je fuis et bientôt je viens tomber
pâle et sans mouvement au pied du lit
de ma mère !.........

« J'ignore combien de temps je
restai dans cet état ; j'ouvris enfin les
yeux, et je me trouvai dans les bras
de ma mère, qui m'arrosait de ses
larmes. — O mon enfant, disait-elle,
pourquoi es-tu sorti? Tu n'aurais pas
perdu la précieuse ignorance de ta
situation ; mais c'est moi seule que
je dois accuser! Dans ce moment,
mon père entrait ; sa figure était

aussi calme que celle d'un homme qui n'a rien à se reprocher. En le voyant, je poussai un cri d'épouvante et d'horreur. Je me serrai contre ma mère. Sauvez-moi, lui disais-je, le barbare me tuera! Les traits de mon père prirent une teinte de férocité qui redoubla ma frayeur; il lança sur moi un regard terrible, et s'adressant à ma mère? Qu'est-ce que cela signifie, dit-il? Est-ce là le fruit de vos leçons? Me prend-il pour un assassin? — Oui, répondis-je, hors de moi, oui, je vous ai vu, je sais de quoi vous êtes capable! Il partit d'un éclat de rire qui porta mon indignation à son comble. — Je commence à comprendre, dit-il; allons, allons, quand tu auras fait deux ou trois expéditions comme celle-là, cela te paraîtra aussi simple et aussi facile que d'avaler un verre d'eau.

« Abrégeons ces détails horribles ; j'avais éprouvé une si forte commotion, que bientôt je tombai dangereusement malade. Ma jeunesse, les tendres soins de ma mère, et le courroux du Ciel, qui me réservait pour d'autres malheurs, me rendirent la santé ; mais rien ne put me rendre le repos de l'âme. Je tressaillais d'effroi, chaque fois que mon père m'adressait la parole, je reculais d'horreur toutes les fois qu'il s'approchait de moi ; il s'en aperçut, s'en offensa, et dès-lors je fus l'objet de sa haine. En vain, ma mère me représentait-elle avec douceur que je devais au moins faire

quelques efforts pour cacher le sentiment qui m'éloignait de l'auteur de
mes jours , il me fut impossible de
déguiser l'antipathie qu'il m'inspirait.
Le barbare ne faisait rien pour con-
quérir ma tendresse , mais il résolut de
ne rien négliger pour mériter ma haine.
En conséquence , il commença par
congédier un valet , et m'annonça que
j'étais assez grand pour lui épargner
cette dépense , et que désormais je
resterais seul chargé des exécutions
de moindre importance. Je déclarai
net que je mourrais mille fois plutôt
que de descendre à ce degré d'avilis-
sement ; il n'en fit que rire. Souvent ,
lorsque ma pensée se portait sur l'a-
venir , effrayé de la hideuse condition
où je serais reduit , je pris la résolu-

tion de me donner la mort, et de
mettre un terme à une vie qui ne m'offrait que l'infamie, la honte et l'horreur. Mais les idées religieuses que
la piété de ma mère m'avait incul-
quées dès le berceau, m'arrêtèrent
chaque fois que je voulus porter sur
moi une main criminelle.

« Il arriva enfin le moment terrible
que mon barbare père attendait pour
me faire ressentir tout le poids de sa
haine : il vint un matin m'annoncer
d'un ton absolu que j'eusse à me disposer sur-le-champ à le suivre à la
prison, où j'étais attendu pour fouet-
ter et marquer un malfaiteur. Je refusai
d'abord positivement d'obéir. — Votre
résistance puérile ne servira à rien,
dit-il, j'ai prévenu la justice que ç'é-

tait vous qui feriez cette exécution :
les lois vous y condamnent, et si vous
ne le faites pas de bonne volonté, on
saura bien vous y contraindre par la
force.

« Je me jetai à ses pieds, je me
traînai dans la poussière, et en ver-
sant un torrent de larmes, je le con-
jurai de m'épargner cette affreuse
commission : il ne fit que rire de mes
larmes, et m'ordonna de le suivre ;
j'appelai ma mère à mon secours :
le cruel l'avait enfermée ; je remplis
la maison de mes cris ; le désespoir
succéda à mes larmes, je ne mesurai
plus mes expressions ; je fus battu,
maltraité ; que dirai-je enfin ? Après
avoir épuisé toute l'éloquence de la
douleur et du désespoir, je fus con-

traint de céder, des cavaliers de ma-
réchaussée me conduisirent à la prison; je les suivis avec une espèce d'in-
sensibilité, et on remit enfin entre mes
mains le voleur que la loi m'ordonnait
de flétrir. Chaque coup de verge que
je lui donnais, retentissait sur mon
cœur; il me fallut faire ainsi le tour
de la ville ; arrivé à la place publique , j'appliquai le fer rouge sur
ses épaules; le malheureux se re-
tourna, et me regardant d'un air féroce : ah, gredin, me dit-il, tu paieras
cher le mal que tu m'as fait !

« Il était temps que cela finît :
pendant toute la durée de l'exécution toutes les facultés de mon âme
avaient été suspendues; je ne voyais
plus, je n'entendais plus; mais bien-

tôt toutes mes douleurs se réveil-
lèrent à la fois : je m'aperçus que
j'étais un objet de curiosité pour tout
le public; mes cris avaient amassé
du monde, on ne parlait que de ma
résistance, et je vis tous les yeux fixés
sur moi. Je rentrai dans la maison paternelle, seulement dans l'intention de
me soustraire aux yeux de la multi-
tude, car il m'était désormais impossible d'y rester. Je frissonnais d'horreur à l'idée de vivre plus long-temps
sous le même toit que le barbare qui
m'avait donné le jour, et qui venait
de me traiter si cruellement.

Ma mère était encore enfermée
dans sa chambre, je m'enfermai dans
la mienne, et j'attendis avec la plus
vive impatience l'instant où tout le

monde serait livré au sommeil, pour
fuir à jamais ces lieux témoins de mon
infamie. Enfin la cloche sonna minuit;
un profond silence régnait au loin,
je pris le peu d'argent qui était à ma
disposition, je mis ma flûte dans ma
poche; j'attachai mes draps à la croisée et je me laissai couler dans la rue.
Au moment de m'éloigner de la maison, je pensai à ma mère; le chagrin
que mon départ allait lui causer faillit
me faire changer de résolution : j'hé-
sitai un moment; mais l'avenir épouvantable qui m'attendait s'offrit aussi
à mon esprit, et je m'éloignai à grands
pas. Je marchai toute la nuit, et le
matin, accablé de lassitude, je me re-
posai sur les bords de la Loire, et je
me mis alors à réfléchir sur ma situa-

tion. « Où vais-je, me dis-je, en quels
lieux pourrais-je cacher l'horreur de
mon nom? Hélas! le Ciel me défend d'at-
tenter à mes jours, et je ne vois aucun
moyen de prolonger, de soutenir ma
malheureuse existence! Partout où je
me présenterai, on voudra savoir qui je
suis, et si on le découvre, tout le monde
s'éloignera de moi avec horreur! O que
ne suis-je dans les déserts ou dans les
vastes forêts de l'Amérique! Là je
vivrais seul, je disputerais ma nourriture aux bêtes sauvages : l'aspect des
humains ne me ferait pas rougir!

Pendant que je me livrais à ces réflexions, je vis un bateau qui cotoyait
les bords de la Loire, je fis un effort
sur moi-même, et je trouvai assez de
courage pour demander au patron de

la barque où il allait. Il me répondit qu'il allait à Nantes ; rien ne pouvait m'arriver de plus heureux que cette occasion, dans les circonstances où je me trouvais. Je tremblais de traverser des villes ou des lieux habités, il me semblait que, comme Caïn, je portais sur mon front le sceau de la vengeance céleste, et que chacun en me voyant devait dire en frémissant : Voilà le fils.... je n'écrirai plus cet horrible mot. Dans cette barque, j'allais voyager commodément, sans être exposé aux regards des curieux, et elle m'offrait de plus un moyen d'échapper plus sûrement aux perquisitions que mon père implacable ne manquerait pas de faire pour me remettre en son pouvoir. Le marché fut

bientôt conclu, et je m'embarquai.
Ah! que je me sus bon gré de m'être
muni de ma flûte! Pour me distraire,
et pour éviter toute conversation
avec mes compagnons de voyage, je
me mis à l'écart et je jouai presque
toute la journée de mon instrument
favori. J'entendis bientôt que les pas-
sagers, qui semblaient prendre plaisir
à m'écouter étaient persuadés que j'é-
tais un musicien de profession, et que
j'allais tenter la fortune à Nantes,
en donnant des leçons de musique. Je
fis ce que je pus pour les maintenir
dans une erreur qui m'était si favorable, et ils le crurent si bien, que lorsque je débarquai, ils me souhaitèrent
bonne chance, et me-prédirent que je
ne pouvais manquer de trouver beaucoup d'élèves.

Lorsque je fus entré dans la ville de Nantes, je marchai long-temps sans savoir où j'allais; je n'y connaissais personne, et cependant je tremblais à chaque pas d'être reconnu; je ne pus jamais me résoudre à entrer dans quelqu'auberge, pour prendre un peu de nourriture, quoique je me sentisse vivement pressé par la faim. J'errai ainsi toute la journée de rue en rue sans aucun but déterminé, détournant les yeux de chaque personne que je rencontrais, et tressaillant d'effroi lorsque par hasard quelqu'un semblait diriger ses regards sur moi. La nuit vint, et je n'avais pris encore aucun parti. Mon imagination, mes désirs ardens franchissaient les mers; je ne me croyais en sûreté dans aucun coin de

d'Europe, et pourtant je ne voyais aucun moyen de parvenir à m'embarquer ; pour obtenir mon passage sur un bâtiment, il fallait nécessairement parler à quelqu'un, dire qui j'étais et découvrir les raisons qui me faisaient fuir ma patrie ; j'aurais plutôt mille fois préféré la mort : il fallait donc mentir ; mais j'avais pour le mensonge une aversion qu'il m'était impossible de surmonter. Dans cette situation cruelle j'errais dans les rues au milieu du silence de la nuit, lorsque je fus soudain tiré de ma rêverie par la voix lamentable d'un homme qui criait au secours. Je vole vers le lieu d'où partaient ces cris et je vois un homme qui se débattait au milieu de trois ou quatre assassins............
............................»

Ici le malheureux Charles racontait comment il avait eu le bonheur de sauver la vie à M. Clarenville, et la joie inexprimable qu'il avait ressentie quand celui-ci lui avait proposé de l'accompagner en Amérique, et surtout quand il eut reçu la promesse solennelle qu'on ne chercherait jamais à découvrir son secret. Comme tous ces détails sont déjà connus du lecteur, nous les supprimons; et nous terminerons par ces dernières lignes, qui paraissaient avoir été écrites la veille même du jour fixé pour le mariage d'Elise et de Charles.

« Je vais donc être heureux! L'amour et l'amitié, les plus doux charmes de la vie, m'offrent une perspec-

tive magique et sans bornes! Je vais
être heureux, et pourtant une inquiétude vague, un serrement de cœur
empoisonnent encore la coupe de ma
félicité! — Dieu! Serait-ce un pressentiment? Ou bien ce trouble secret
ne serait-il produit que par le souvenir du passé!.... Mais bannissons ces
alarmes, le Ciel sans doute ne m'a
pas élevé au dernier degré de la félicité humaine, pour se faire un jeu
cruel de me replonger dans l'abîme
de la misère!

CHAPITRE XXXII.

On voyage encore.

CHARLES, comme on l'a vu, après avoir couvert de honte l'infâme Philippe, s'était élancé hors de la maison, sans que personne eût songé à le retenir. Il avait traversé la foule des nègres qui se livraient à la joie, et célébraient son mariage. Ils furent étrangement surpris de le voir s'éloigner seul, et avec rapidité, au moment même où ils s'attendaient à le voir sortir avec son épouse pour aller à l'autel. La scène tumultueuse qui se passait alors dans le salon détourna leur attention, et à un signal

que leur fit le gouverneur, ils s'y pré-
cipitèrent en foule, avec les soldats et
son escorte.

Cependant, Charles continuait à
s'éloigner : il fuyait la présence des
hommes : l'amour, l'amitié ne faisaient
plus entendre leur voix ; le désespoir,
le sombre désespoir seul était dans son
cœur ! Il fuyait, et croyait partout
entendre encore retentir à ses oreilles
ces mots qui avaient à jamais détruit
son bonheur, ces mots épouvantables :
C'est le fils d'un bourreau ! « Ne sa-
vais-je pas, disait-il, que j'étais proscrit, maudit ! Que, tôt ou tard, toute
l'infâmie de ma naissance finirait par
m'écraser ! Lâche ! j'ai eu la présomption de vivre, quand tout m'appelait
au tombeau ! Imbécile ; j'ai cru au

bonheur, tandis que Dieu et les hommes m'avaient destiné au malheur dès
le berceau ! Où irai-je maintenant ?
Les deux mondes ont retenti de ma
honte ! La mort, la mort seule peut me
préserver de nouveaux outrages! Et que
ferais-je encore ici bas? Il fut un temps
où j'aurais regardé comme un bienfait
inexprimable la faculté de vivre dans
les déserts, dans les forêts, dans un
antre sauvage ! Je n'avais alors que
des peines à oublier, que des hommes
à fuir; et maintenant le souvenir du
bonheur que je viens de perdre sera
toujours présent à ma pensée; Elise,
Elise sera toujours là, parée de tous
ses charmes pour me séduire ; je ca-
resserai son image, et je la verrai
toujours fuir à mon aspect; je la verrai

pâlir en s'écriant avec horreur : *C'est le fils d'un bourreau !* »

Rempli de ces sombres pensées, il avait gravi sur la pointe d'un rocher : la vaste étendue des mers était devant ses yeux ; il se mit à genoux, et, tendant ses mains vers les flots agités, et levant ses yeux égarés vers le Ciel : « Dieu ! s'écria-t-il, c'est toi qui m'a conduit en ces lieux ! Cette mer qui a porté mes vœux téméraires et mes espérances présomptueuses, cette mer sera mon tombeau ! Dieu terrible, mon âme est pure, ne la rejette pas ! Reçois dans ta miséricorde un malheureux qui te chérit, mais qui ne peut plus supporter le fardeau de la vie, que tu lui a donnée dans ta colère ! Elise ! Adieu. »

Et l'infortuné s'élança dans les flots, qui l'engloutirent à l'instant.

Pendant cette scène de désespoir, le gouverneur s'était transporté avec la moitié de son escorte à l'habitation de Philippe, pour s'assurer de Véronica : celle-ci était, depuis plusieurs heures, en proie à la plus violente agitation. Elle avait d'abord essayé de s'opposer à la démarche imprudente de son digne fils ; mais toutes ses réflexions et ses objections n'ayant eu d'autre résultat que celui d'irriter davantage la fougueuse férocité de Philippe, elle avait fini par le laisser aller, au risque de tout ce qui pourrait en arriver. L'intérêt seul l'animait ; et soit que son fils réussît à rompre le mariage projeté, et par-

3.

vînt ainsi à ravir à Charles la main
d'Elise ; soit qu'il arrivât trop tard,
et que le mariage fût consommé, le
secret qu'elle avait en sa puissance
était pour elle la certitude d'une ma-
gnifique récompense, de quelque manière que les choses tournassent. Seulement, comme elle connaissait le
caractère de Philippe, elle tremblait
que sa férocité ne l'emportât au-delà
des bornes de la prudence ; et, inquiète
sur le succès de cette visite, elle attendait son retour avec une impatience
qui ne faisait que s'accroître de minute en minute. Tout à coup elle entend plusieurs personnes s'approcher
de l'habitation : persuadée que c'est
Philippe, elle se lève pour aller au-
devant de lui, ouvre la porte, recule,

et reste immobile de surprise et d'effroi en apercevant le gouverneur et
des hommes armés. Toutes les inquiétudes du crime découvert se peignent
d'abord dans ses traits; mais l'habitude de feindre ne l'abandonne pas
tout-à-fait : elle se remet bientôt, et,
affectant une sécurité qui est bien
loin de son cœur, elle s'avance d'un
air assez calme, et demande au gouverneur ce qui lui procure l'honneur
de sa visite. Le gouverneur n'est pas
dupe de cette feinte tranquillité : il a
vu l'effroi de la coupable ; et, dans ce
moment encore, le trouble de ses yeux
dément le calme de ses paroles. «Je
viens, dit-il, vous arrêter de par le
Roi; votre fils est désigné comme l'assassin de Robert Clarenville. Il est

entre les mains de la justice, qui vous réclame aussi comme la complice de votre fils.

— J'ignore, Monsieur, si celui que vous nommez mon fils est coupable de l'assassinat dont on l'accuse; mais ce que je puis affirmer, c'est qu'il n'est pas mon fils.

—Il n'est pas votre fils! Et qui est-il donc?

— C'est le fils du bourreau de Blois. »

Qu'on juge de l'étonnement du gouverneur, en entendant cette déclaration de Véronica. Il crut qu'il y avait un malentendu.

« Prenez garde à ce que vous avancez, dit-il; ce n'est pas le jeune homme nommé Charles, et qui devait épouser

mademoiselle Clarenville, que la justice désigne comme un meurtrier,
mais celui qui demeurait avec vous, et
se faisait nommer Durivage. Or, comment puis-je croire que ce dernier est
le fils du bourreau de Blois, quand je
l'ai entendu moi-même donner ce titre
honteux à l'amant de mademoiselle
Clarenville? Quand l'infortuné Charles
lui-même, réduit au désespoir par cette
affreuse dénonciation qui rompait son
mariage, non-seulement ne l'a pas nié,
mais en a fait l'aveu devant tout le
monde? Ainsi vous vous trompez, ou
vous voulez nous induire en erreur; à
moins que Charles et Durivage ne
soient enfans du même père.

— Non, Monsieur, je ne me trompe
pas; Durivage est le véritable fils du

bourreau de Blois : il l'ignore lui-
même, sans quoi il ne se serait pas
exposé à faire une démarche qui devait tourner à sa honte, et dont j'ai
vainement essayé de lui faire connaître le danger. Quant au jeune
homme qui devait épouser mademoiselle Clarenville, sa naissance est sans
tache : je la connais et je la ferai connaître quand il en sera temps.

— Quand il en sera temps? Espé-
rez-vous trouver une circonstance plus
impérieuse que celle-ci? Le malheureux Charles, accablé sous le poids
d'une accusation monstrueuse, fuit le
bonheur qui l'attendait. Un père au
désespoir, une fille intéressante mau-
dissent le moment où ils ont connu ce
jeune homme, qu'ils croient couvert

d'infamie et que vous assurez être sans
tache ; vous pouvez rendre le bonheur
et la paix à trois personnes , réparer
une grande injustice, et vous hésiteriez
encore ? Parlez , Madame : je pourrais
l'ordonner; je vous en supplie.

. — Vous me permettrez , M. le gouverneur, de songer à ma propre sûreté,
de veiller à mes intérêts, avant de
m'occuper gratuitement du bonheur
des autres. Ma vie n'est pas exempte
de reproches : j'essayerais en vain de
le nier ; et quoique je ne sois pour rien
dans l'assassinat de Robert Clarenville , la justice ne frappe pas toujours
juste. Mes liaisons avec Durivage doivent paraître suspectes ; ce monstre
lui-même peut me compromettre par
esprit de vengeance ou de férocité :

je puis donc être victime d'un jugement inique. J'ai de grandes révélations, des révélations importantes à
faire, mais je ne les ferai qu'à la seule
condition que ma vie ne court aucun
danger; qu'on me promette ma grâce,
et je dirai tout ce que je sais. Sans
cela, on m'interrogera en vain; mon
secret sera enterré avec moi.

Le sang froid de cette femme dans
une affaire où il s'agissait de sauver
trois personnes qu'il aimait et qu'il
estimait infiniment, excitait l'indignation du gouverneur; en vain il employa
tour à tour les prières, les promesses
et les menaces pour vaincre l'obstina-
tion de Véronica; elle ne voulut pas
ajouter un mot de plus à ce qu'elle
avait dit, et protesta toujours qu'elle

garderait le silence jusqu'à ce qu'on lui eût assuré sa grâce. Les pouvoirs du gouverneur ne s'étendaient pas jusque-là ; le Roi seul pouvait accorder la grâce de Véronica. Il lui en fit l'observation et l'engagea encore de révéler son secret, en lui promettant qu'il solliciterait lui-même sa grâce auprès de Sa Majesté, et qu'il était presque assuré du succès. Véronica se contenta de répondre qu'elle ne voulait rien livrer au hasard.

Voyant donc qu'il n'était pas possible d'en tirer davantage, il apposa les scellés sur l'habitation, dressa son procès-verbal, mit Véronica entre les mains de ses soldats pour la conduire dans les prisons du Cap, et se hâta de retourner à l'habitation de Claren-

ville, dès que ses occupations le lui
permirent, pour y apporter quelque
lueur d'espérance et de consolation.

Quand il entra, M. Clarenville venait d'achever la lecture du manuscrit de Charles : il trouva Elise qui
versait un torrent de larmes. « Ah!
M. le gouverneur, lui dit-elle en sanglotant, dès qu'elle l'aperçut, savez-
vous ce qu'il est devenu? — Hélas!
Mademoiselle, outre l'intérêt que cet
infortuné vous inspire, j'avais moi-
même un intérêt bien puissant pour
le découvrir : j'ai fait faire toutes les
recherches, toutes les perquisitions
imaginables; elles n'ont eu aucun
succès. Personne ne l'a vu, personne
n'en a entendu parler.

—Ah! Cela prouve que mon af-

freux pressentiment ne m'a pas trompée! Il aura terminé sa malheureuse
vie dans les flots!

— Je suis loin d'en tirer la même
conséquence que vous; un bâtiment
a mis à la voile pour la France, le
jour même du fatal événement : j'ai
de fortes raisons de croire qu'il a profité de cette circonstance pour fuir ces
lieux, où *il croyait* ne pouvoir plus
rester.

— Où *il croyait!*

— J'ai appuyé exprès sur ces mots;
car d'après tout ce que j'ai appris depuis
sa disparition, j'ai tout lieu de croire
que, sans son départ précipité, il pourrait maintenant jouir tranquillement
et sans honte de tous les bienfaits de
l'amour et de l'amitié.

—Impossible! monsieur le gouverneur. Impossible! dit Clarenville. J'ai-
mais ce jeune homme plus que je ne
saurais l'exprimer, et je ne sens que
trop que je l'aime encore. Je voudrais
pouvoir découvrir sa retraite, le com-
bler de mes bienfaits, et adoucir; autant que possible, l'horreur de son sort
par les dons de la fortune; mais que ce
soit préjugé, faiblesse ou tout ce que
l'on voudra, je sens qu'il me serait
impossible de vivre sous le même toit
que le fils d'un..... non, cette idée
seule me fait frémir !

— Aussi n'ai-je parlé que dans la
la supposition que la naissance de
M. Charles serait sans tache, et qu'il
n'est pas ce qu'il croit lui-même. »

A ces mots Elise et son père ouvrirent de grands yeux, leurs cœurs battaient avec force; ils regardaient le gouverneur, et semblaient le supplier de s'expliquer davantage. Il eut pitié de leur anxiété; et après les avoir ainsi préparés, il leur raconta dans le plus grand détail tout ce qu'il avait appris de Véronica dans son habitation, et ajouta ce qui suit aux détails que le lecteur connaît déjà.

Philippe et Véronica, emprisonnés au Cap, avaient été tous deux interrogés séparément; le premier, sommé de déclarer ses nom, prénoms et le lieu de sa naissance, s'était trouvé fort embarrassé de répondre à ces trois questions; il finit par dire qu'il était le fils de Véronica, et qu'il n'en savait pas davantage. Véronica, de

son côté, n'avait pas donné des renseignemens plus satisfaisans sur son
compte; mais elle avait persisté à
dire que Durivage, ou plutôt Philippe,
était le fils du bourreau de Blois, et
qu'elle prouverait, quand on lui as-
surerait sa grâce, que Charles était
d'une naissance honnête. On lui fit
plusieurs questions captieuses; on
l'interrogea sur l'authenticité des
preuves qu'elle pourrait produire à
l'appui de sa déclaration; on lui ob-
jecta les écritures contrefaites par
Philippe; et sur ce qu'on lui fit entendre que ses preuves écrites pourraient
bien n'être également que des faux en
écriture, Véronica, oubliant sa prudence ordinaire, répondit avec une
espèce de fierté : « Les preuves que

j'offrirai sont aussi claires que le jour ; *elles sont tracées sur le bras du jeune homme en caractères ineffaçables !* On lui demanda quels étaient ces caractères ; mais Véronica avait senti que la moitié de son secret lui était échappé : elle se repentit de son imprudence, et refusa absolument de répondre davantage. En conséquence, il avait été décidé qu'elle serait embarquée avec Philippe sur un vaisseau qui devait partir pour Nantes, où l'on devait juger le meurtrier de Robert.

Depuis quelques instants, Elise paraissait plongée dans de profondes réflexions ; elle semblait rappeler ses idées lorsqu'elle s'écria d'un air radieux : « Papa ! quel trait de lumière !

Tu n'as pas fait attention à ces preuves *qui sont tracées sur le bras du
jeune homme en caractères ineffaçables?*

— Oui, ma fille ; mais quelle est
ton idée ?

— Charles ne serait-il pas l'un
de ces deux enfans que ma mère et
ma tante avaient marqués sur le bras ?
O Dieu ! si cela était ! »

Clarenville réfléchit un moment :
« Oui, dit-il, l'âge de Charles est à
peu près celui qu'aurait ou mon fils
ou mon neveu. Mais quelle apparence!
Et pourtant quand je songe que c'est
à Nantes que je l'ai trouvé, quand je
songe au sentiment indéfinissable qui
m'entraînait vers lui, je me sens disposé à adopter ton idée! Mais que

faire? Comment parvenir à découvrir la vérité? Charles a disparu, Véronica ne veut pas parler ; et cependant que de raisons pour ne pas rejeter la faible espérance qui vient de nous briller dans le sein d'un abîme de douleurs! Mon cœur est trop agité; ma tête est incapable de réfléchir. M. le gouverneur, vous êtes calme : je vous en supplie, aidez-nous de vos conseils.

— Je n'en ai qu'un à vous donner, et j'étais venu pour cela. Le désir de venger le meurtre de votre frère, de reparaître dans tout l'éclat de l'innocence dans les lieux où un horrible et injuste soupçon a plané sur votre tête, la nécessité de votre témoignage dans cette procédure, les révélations

de Véronica, qui, je commence à le
croire, peuvent vous rendre un fils ou
un neveu ; la probabilité que cet enfant
mystérieux s'est embarqué pour la
France ; tout vous fait une loi de vous
rendre à Nantes. Je sens bien tout
ce qu'un voyage si long et si précipité peut offrir de pénible ; mais
combien d'avantages il peut produire !
Quels reproches n'auriez-vous pas à
vous faire, si vous perdiez à jamais
le bonheur qui s'offre à vous, par
faiblesse ou par pusillanimité ? Que
vos possessions dans cette colonie ne
vous coûtent aucune inquiétude ! Je
surveillerai vos intérêts pendant votre
absence ; avec le même zèle que si c'é-
taient les miens. Si vous revenez ici,
vous trouverez vos plantations dans

un état au moins aussi florissant que
vous les aurez laissées; si, comme je
n'en doute pas, vous vous décidez à
fixer votre séjour en France et que vous
vouliez les affermer ou les vendre, écri-
vez-moi en toute confiance, et vos volon-
tés seront scrupuleusement exécutées.

Avec quelle avidité on croit ce que
l'on désire! Quelque faibles que fussent les probabilités qu'on venait de
lui donner, Elise déjà ne doutait plus
que Charles était son cousin, et que
le bonheur l'attendait à Nantes. Elle
avait découvert le tableau où son frère
était représenté, et dont nous avons
parlé dans le commencement de cet
ouvrage; elle le faisait examiner à
son père et au gouverneur jusque
dans les moindres détails : « Vous

voyez bien, leur disait-elle, que ce
portrait-là ne ressemble pas du tout
à M. Charles ; ainsi , M. Charles est
certainement mon cousin. Malgré la
différence d'âge , on y trouverait une
ressemblance éloignée : on voit bien
que ce n'est pas lui.

— Ah! disait M. Clarenville , que
nous le retrouvions seulement. Que ce
soit mon fils où mon neveu, je lui
dois également toute ma tendresse!
Élise disait de même ; mais il était aisé
de voir qu'elle aimait mieux trouver
un cousin qu'un frère, et que si son
cœur était disposé à chérir un frère,
il n'était pas douteux qu'elle adorait
son cousin.

CHAPITRE XXXIII.

Ne meurt pas qui veut.

CHARLES avait perdu dans les flots le sentiment de ses peines et de son existence, mais il n'avait pu y trouver la mort qu'il cherchait. Dans le moment où il se précipita dans les flots, une chaloupe, qui était venue prendre quelqu'un à terre, passait près du rivage; les gens qui la montaient entendirent sa chute, et le voyant paraître et disparaître à plusieurs reprises, engagèrent les matelots à sauver le malheureux qui se noyait sous leurs yeux. Ceux-ci n'hésitèrent pas; ils eurent bientôt retiré

Charles du sein des ondes : il était sans mouvement et sans connaissance ; mais on espéra qu'on pourrait le sauver. La chaloupe allait rejoindre un vaisseau qui venait de lever l'ancre et qu'un vent favorable commençait à pousser loin du rivage. Ceux qui avaient sauvé Charles craignant avec raison de ne pouvoir rejoindre le vaisseau, s'ils perdaient du temps à mettre à terre notre amant infortuné, se déterminèrent à le transporter au vaisseau, où il trouverait tous les secours que sa situation exigeait.

Quand on l'eut déposé sur le tillac, sa jeunesse, sa beauté, l'élégante simplicité de ses habits intéressèrent tout le monde en sa faveur ; on le confia au chirurgien du bâtiment, qui em-

ploya long-temps, sans succès, tous les
secours usités en pareil cas. Déjà il se
désespérait en, voyant l'inutilité de
ses efforts, lorsqu'à son grand contentement, il s'aperçut que la vie ren-
trait dans ce corps inanimé ; le mouvement du cœur se fit sentir, le pouls
recommença à battre, et Charles parut
sauvé. Il ouvrit les yeux, mais il les
ferma aussitôt.

Le chirurgien était un homme ha-
bile et expérimenté ; il n'eut pas de
peine à voir qu'une autre cause que
sa chute dans l'eau, causait l'épuisement de Charles, et retardait son retour a la santé ; il était retombé dans un
épuisement total, et on fut obligé de
le mettre au lit. Nous allons anticiper
en quelque sorte sur cette histoire, et

mettre dans la bouche de notre héros
le récit des faits subséquens, tel qu'il
le fit dans la suite. Nous craindrions
de l'affaiblir en nous en chargeant
nous-mêmes. C'est donc Charles qui
va parler.

« Je ne sais, dit-il plus tard, combien de temps s'était écoulé depuis
l'instant où je crus perdre la vie en
me précipitant dans les flots, jusqu'au
moment où la connaissance me revint.
Je me trouvai plongé dans une profonde obscurité ; je sentis une odeur
désagréable, et j'entendis un bruit
que je ne pouvais définir. Mes idées
étaient obscures comme la nuit qui
m'environnait ; et lorsque je me rap-
pelai enfin que je m'étais jeté dans
la mer, ma première ensée fut que

je n'existais plus, et que probablement j'étais dans l'autre monde et plongé dans des ténèbres éternelles. Cette idée ridicule ne dura cependant pas long-temps. Peu à peu le chaos de mon imagination se débrouilla, la mémoire me revint, je sentis que j'avais un corps, et que ce corps renfermait une âme qui fut bientôt assiégée de nouveau par toutes les douleurs que mon épuisement avait suspendues. Je l'avouerai à ma honte, mon premier sentiment fut un mouvement de dépit de ce que l'on m'avait sauvé la vie. *Où suis-je,* m'écriai-je! Quel est le barbare qui m'a arraché à la mort? Dans ce moment je sentis une main qui s'emparait de mon bras, je frémis et je cherchai à le retirer. C'était le

5. 13

chirurgien qui me tâtait le pouls.
« Allons, dit-il, allons, tranquillisez-
vous, maintenant je réponds de votre
vie, vous êtes sauvé. — Je suis sauvé!
Me rendrez-vous l'honneur? Me rendrez-vous Elise? — Oui, oui, on vous
rendra tout, pourvu que vous vous
teniez tranquille. »

Il faut si peu de chose pour consoler un malade! Ce peu de mots que
le chirurgien me répondit au hasard,
pour ne pas me contrarier, firent plus
d'effet que n'en auraient produit tous
les secours de l'art. Ne sachant où
j'étais, ni en quelles mains je me trouvais, je ne me livrai pas à de longues
réflexions; on promettait de me rendre Elise et l'honneur, cela me suffisait. Je dormis d'un sommeil long et

paisible; à mon réveil je me sentis beaucoup mieux, et dès ce moment je suivis docilement les ordres du chirurgien, et je sentis mes forces renaître de jour en jour.

Mais, à mesure que mon corps se rétablissait, je sentais renaître toutes mes angoisses; tous les jours je demandais qu'on me tînt parole, et qu'on me fît enfin voir Elise; je réitérai cette demande si souvent, je devins si pressant, que le chirurgien, impatienté, me répondit un jour avec humeur qu'il ne savait pas ce que je voulais dire, qu'il ne connaissait pas Elise. « On vous a tiré de l'eau au moment où vous alliez périr, dit-il, on vous a transporté aux trois quarts mort, sur ce bâtiment qui fait voile pour Nantes; je vous ai rendu à la vie, et ce n'a pas été sans peine, car voilà bientôt un mois que vous êtes sur ce hamac; je vous répète que vous êtes sauvé, que vous ne mourrez pas, ainsi soyez donc content. »

Grand Dieu! De quelle horreur ne fus-je pas saisi en recevant cet éclaircissement! C'était à Nantes qu'on me conduisait! A Nantes dont j'étais parti avec toutes les espérances du bonheur que permettait ma situation, et où j'allais me trouver plus misérable qu'il n'est donné à un mortel de se l'imaginer! Elise était perdue pour moi, mais l'idée de m'en voir séparé par l'immensité des mers, de vivre sous un autre climat, de respirer un autre air qu'elle, me parut insupportable. «Non,

m'écriai-je dans un accès de rage, non,
barbares, vous ne me conduirez pas
vivant à Nantes! Je maudis vos bienfaits, je maudis la vie que vous m'avez
cruellement rendue! La mort est le
seul bien où j'aspire. »

Le chirurgien, étonné, fit de vains
efforts pour me calmer, et voyant que
tous ses discours ne faisaient que m'irriter davantage, il me quitta en me
disant: « J'y perds mon latin; mais je
vais vous envoyer quelqu'un qui vous
fera peut-être entendre raison. » Mais
je n'étais guère en état d'entendre la
voix de la raison; l'échafaud dressé
devant mes yeux m'aurait causé moins
d'effroi que l'idée de reparaître dans
un pays, où je devais craindre à chaque
pas de rencontrer quelqu'un qui me

reconnût, et s'écriât, en me montrant du doigt : *Voilà le fils du bourreau !* Puisqu'on avait eu la cruauté de m'arracher à la mort, que ne m'avait-on laissé du moins sur la plage ? Je me serais enfoncé dans les déserts de l'Amérique ; je n'aurais plus vu Elise, il est vrai, mais je ne m'en serais pas cru séparé pour jamais.

Pendant que je laissais un libre cours à mon désespoir, je vis à côté de mon lit un vieillard vénérable. Une longue barbe blanche ombrageait son menton ; tous ses traits portaient l'empreinte de la douceur et de la résignation. C'était un religieux de l'ordre de Saint-François ; il fixa sur moi des regards pleins de bonté, et me prenant la main : « Eh bien, mon

fils, dit-il, Dieu vous a donc rendu à la
vie? —Au malheur! à la mort! à la souffrance! au désespoir! —Jeune homme!
si j'en juge par ce peu de mots, vous
avez été bien malheureux! — Dites
que je le suis; que la mort seule peut
mettre un terme à mes infortunes.
— Si je pouvais vous inspirer assez
de confiance pour que vous consentis-
siez à me confier le sujet de vos peines,
peut-être parviendrais-je à les adoucir. — Les adoucir! Cela n'est au pouvoir d'aucun mortel : mon sort est
immuable! — Eh bien, si le pouvoir
des hommes est ici insuffisant, il est
une autre puissance infiniment supé-
rieure et à laquelle rien n'est impossible; si les hommes vous abandon-
nent, tournez vos regards vers Dieu :

— Eh! que demanderais-je à Dieu?
Sa toute-puissance même ne peut
changer mon sort. Dieu peut-il empêcher que ce qui *est* ne *soit* réellement? Non, Dieu en me donnant
la vie m'a condamné à la mort : j'ac-
complirai son dessein ; et je trouverai
encore le courage de m'affranchir
d'une vie qui m'est à charge.

— Arrête, jeune téméraire! Ce
Dieu que tu offenses, ce Dieu que tu
blasphêmes te voit, t'entend! Faible
vermisseau! Qui es-tu pour oser pé-
nétrer les desseins de cet être incompréhensible, pour douter de son
pouvoir?

— Je ne doute pas de son pouvoir;
mais il n'a pas voulu que je jouisse
de la même félicité sur la terre que

les autres créatures ; il s'est mis dans l'impossibilité de révoquer son terrible arrêt, en me marquant du sceau de la réprobation.

— Quoi ! si jeune, tu aurais déjà commis tant de crimes ! Car sans doute c'est l'excès de tes fautes qui te fait douter de la miséricorde divine !

— Des crimes ! non, ma conscience ne me reproche rien, à moins que ce ne soit un crime d'avoir attenté à mes jours, quand tout m'ordonnait de mourir.

— Sans doute, mon enfant, sans doute c'est un crime de détruire e l'ouvrage de Dieu ; c'est être rebelle à sa volonté que de chercher à terminer une vie, qu'il veut que nous conservions au milieu des écueils dont elle est hérissée; mais le plus grand tort d'un infortuné, c'est de se croire toujours le plus malheureux de tous les hommes.

— Je sais ce que vous allez me dire sur cet article, mon père; mais je défie tous les êtres souffrans de se dire aussi malheureux que moi! Parens, amis, fortune, je n'ai plus rien dans le monde, mais cela n'est rien, ou peu de chose. Le malheureux mendiant, objet de tant de dégoût et de compassion, inspire encore quelque intérêt, il trouve encore une main charitable qui le soulage, une voix qui le console, et moi je suis un objet d'horreur pour tout le monde! Je jure que la vertu m'est sacrée, et cependant je suis repoussé du monde entier.

— La vertu t'est chère, et tu te
plains ! J'ignore encore l'étendue de
tes peines ; mais si ta conscience est
pure, je te félicite de ta misère, au
lieu de te plaindre. Compare-toi à
un voyageur qui marche vers un but
glorieux ; plus les difficultés de la
route seront grandes, plus il éprou-
vera de plaisir de les avoir vaincues.
Eh ! qu'est-ce que cette vie, sinon un
voyage vers le but le plus glorieux,
vers l'éternité ? Qu'est-ce que la peine
de ce court passage, en comparaison
de la récompense qui attend le voyageur courageux, qui franchit tous les
écueils, supporte toutes les fatigues
de la vie, pour arriver à son Dieu qui
l'appelle ? Elève ton âme vers Dieu,
offre-lui tes peines : il te donnera le

courage de les supporter; à chaque
souffrance nouvelle, envisage avec
calme la félicité qui doit être le prix
de ta soumission, et ces douleurs,
qui te paraissent insupportables, se
changeront en sources de plaisir!»

Pendant qu'il parlait, ses yeux
semblaient animés d'un feu céleste;
je croyais voir un prophète : c'était
Dieu qui parlait par sa bouche. Mon
âme fut soudain éclairée d'un nouveau jour; je me croyais vertueux,
parce que je jugeais mon cœur d'après
la morale des hommes; je sentis que
celle de Dieu était plus sévère, et
que je m'étais aveuglement laissé em-
porter par la fougue des passions que
la religion nous ordonne de com-
battre. Je sentis que j'étais justement

puni de ma présomption ; je me
croyais exempt de reproches, parce
que ma bouche n'avait pas trompé
M. Clarenville ni Elise par un mensonge ; mais ne les avais-je pas trom-
pés par mon silence sur mon nom et
l'état de mon père ? Je vis dans toute
son horreur la résolution criminelle
que j'avais formée de m'ôter la vie ;
je me sentis pénétré de repentir ,
et je versai un torrent de larmes. Le
bon père , attendri, me consola ; il
trouva le chemin de mon cœur, et je
lui fis dans une confession générale le
récit de mes erreurs et de mes infortunes.

CHAPITRE XXXIV.

L'Histoire rétrograde encore.

Vous rappelez-vous, lecteur, d'une certaine petite vicomtesse que nous avons nommée Fanny, qui s'était attachée à Marclos dans le grand galetas où on lui fit faire son cours d'escroquerie ; enfin cette petite sirène qui, à la suite d'une dégoûtante orgie, reçut notre joueur dans ses bras et lui fit perdre le peu de pudeur qui lui restait ? Si le rôle que nous lui avons fait jouer était trop court pour avoir laissé quelques traces dans votre souvenir, donnez-vous la peine de feuilleter le chapitre XXII de cette his-

toire ; vous savez maintenant de qui
je veux parler , n'est-ce pas ? Vous
avez peut-être été étonné que j'aie
laissé dans l'oubli cette intéressante
héroïne ; si cela est , n'en accusez
que votre peu de pénétration ; depuis
long-temps vous avez les yeux sur
Fanny, et ce n'est pas ma faute si vous
ne l'avez pas reconnue ; car pour ne
pas vous tenir plus long-temps en sus=
pens , il est temps que vous sachiez
que Fanny, la petite vicomtesse, et
Véronica, la vieille sorcière, ne sont
qu'une seule et même personne.

Marclof, comme nous l'avons dit,
était retourné à Nantes, où son âme
toute entière s'occupait de trouver les
moyens de se venger des dédains de
Julie et des frères Clarenville. On a

vu que les deux enfans étaen t deve-
nus les principaux objets de sa haine,
et qu'il avait saisi avidement l'occasion que le hasard lui avait donnée,
pour assouvir sa vengeance ; mais nous
n'avons soulevé qu'un coin du voile,
et le moment est arrivé où nous croyons
indispensable de mettre cette aventure dans tout son jour.

Quoique le désir de la vengeance
occupât toutes les pensées-du scélérat
Marclof, il ne les absorbait pourtant
pas au point de lui faire oublier tout-
à-fait sa passion dominante, l'amour du
jeu. Il dépensait beaucoup d'argent, et
quelque fortes que fussent les sommes
qu'il avait apportées de Paris, il pré-
voyait que son coffre devait nécessairement se vider un jour, s'il y pui-

sait toujours sans y rien mettre. Pour obvier à cet inconvénient, il faisait de temps en temps une excursion dans quelque ville de province, et là, à l'aide de *ses talens*, il prélevait sur les dupes qui venaient jouter contre son adresse des impôts qui réparaient le déficit de sa caisse.

A la suite d'une expédition de cette nature, il retournait à Nantes, et traversait à cheval une forêt : il faisait déjà nuit ; tout-à-coup, un homme s'élance de derrière un buisson, saisit la bride de son cheval, lui présente un pistolet, et lui demande *poliment* la bourse ou la vie. Vous croyez peut-être que Marclof fut bien effrayé ; point du tout ; au lieu de donner lâchement sa bourse, qui lui était au

moins aussi chère que la vie, il prononça quelques mots qui seraient inin-
telligibles pour vous et pour moi,
mais qui firent sur le brigand tout
l'effet que Marclof en attendait.
«Pardon de la méprise, dit celui-
ci en désarmant son pistolet, j'ai
manqué de tuer un confrère. Cette
histoire prouve qu'il fait bon avoir
des amis partout. Dans le temps que
Marclof était lié à Paris avec la *con-
frérie des escrocs*, ceux-ci non-seulement l'avaient rendu savant dans
l'art de corriger les torts de la fortune, mais ils lui avaient appris aussi
le langage usité parmi tous les hon-
nêtes gens que la justice persécute;
langage qu'on nomme vulgairement
argot. Or, dans cette langue mys-

tique, il y a des mots, des formules
qui servent de mots d'ordre, au moyen
desquels les *confrères* se reconnais-
sent d'un bout de la France à l'autre;
et c'était une de ces formules que
Marclof avait prononcée si à propos.

Marclof était honnête envers tout
le monde, à plus forte raison envers
un confrère. Il descendit donc de cheval, et marcha côte à côte avec le
brigand qui voulait absolument lui
servir de guide et d'escorte à travers
la forêt. Ils entrèrent bientôt en conversation ; mais quelque intéressant
que fût pour ces deux illustres per-
sonnages le récit de leurs mutuels et
nobles exploits, nous nous bornerons
à dire qu'il se termina par une invi-

tation pressante de la part du brigand, de venir en passant vider une
bouteille à la santé des membres de
l'association.

Marclof ne crut pas devoir se refuser à une offre aussi obligeante, et
s'étant détourné du chemin, il suivit
son noble compagnon à travers la
forêt, en tenant son cheval par la
bride, et entra enfin avec lui dans une
cabane, où il trouva trois ou quatre
personnes qui avaient aussi bonne
mine que son conducteur. Parmi les
honorables assistans était une femme
qui fit un cri de surprise et de joie
en le voyant entrer ! — Eh bon Dieu !
C'est mon favori ! C'est Marclof ! A
cette exclamation inattendue, Marclof
lève les yeux,, et, sous les habits gros-

siers d'une villageoise, il recounaît
Fanny, la petite vicomtesse. Nous
ne dirons pas si cette rencontre lui fit
un grand plaisir, seulement nous
avouerons qu'il se préta d'assez bonne
grâce à ses caresses, et qu'il parut lui
rendre ses baisers avec plaisir. Elle
s'aperçut qu'il était surpris de sa
métamorphose, et toujours complai-
sante, elle lui épargna la peine de
lui en demander la cause. Son récit
fut long; quand on parle de soi, on
ne ménage pas ses paroles, on croit
que les autres doivent trouver autant
de plaisir à nous entendre que nous
en éprouvons à raconter. Mais comme
nos lecteurs pourraient n'être pas de
cet avis, nous réduirons l'histoire de
Fanny à sa juste valeur. Depuis que

Marclof avait quitté Paris , Fanny
avait continué de se livrer à des excès
qui avaient attiré sur elle l'attention
de la police ; Fanny avait été arrêtée,
emprisonnée , jugée et condamnée
à l'exil. Dénuée de tout, sans res-
sources , elle avait rencontré les hon-
nêtes gens avec lesquels elle se trouvait alors , et , tant par goût que par
nécessité , elle s'était associée à leurs
illustres travaux.

Sur la fin de son récit, un enfant
qui était couché dans un coin de la
cabane , et que Marclof n'avait pas
encore aperçu , s'étant mis à crier ,
Fanny , la douce Fanny , lui ordonna
de se taire d'une voix qui n'avait rien
de doux , et l'enfant continuant de
pleurer , Fanny se jeta sur lui et le

frappa avec une brutalité qui excita la pitié du *sensible* Marclof. —Fanny, dit-il, comment pouvez-vous maltraiter si cruellement une créature aussi faible ? Je ne vous aurais pas crue si mauvaise mère.

Fanny partit d'un éclat de rire. — Comment, dit-elle, vous avez cru que j'étais la mère de ce petit monstre-là ! Dieu me préserve d'avoir jamais affaire à son père ! Et se rapprochant de Marclof, elle lui dit à demi-voix : c'est un tour impayable; j'avais oublié de vous le conter. Figurez-vous que ce marmot est le fils du bourreau de Blois. Ce matin, nous entrâmes par hasard dans la chaumière de sa nourrice. Cette femme n'attachant sans doute pas plus d'importance à son

nourrisson qu'il n'en mérite, l'avait
laissé seul chez elle, pendant qu'elle
était allé travailler à la terre. Comme
il n'entre ni dans mon caractère, ni dans
ma vocation de sortir les mains vides
d'une maison où je ne trouve personne, ne trouvant rien à prendre
qui en valût la peine, ma foi, j'ai
emporté le marmot. — Quelle folie !
Et que prétendez-vous en faire ? —
Un élève digne de son père et de
moi. Dans notre état, un enfant in-
telligent est un être précieux ; pendant qu'on l'admire, qu'on l'écout
ou qu'on le caresse, le petit drôl
vous soulève une montre, un porte
fenille le plus proprement du monde
Je veux qu'il grimpe comme un écu
reuil, qu'il passe à travers les bar

reaux les plus serrés , par un trou de souris, s'il le faut, pour nous ouvrir un passage dans les maisons les mieux fermées. Et au bout de tout cela, je ris comme une folle, quand je pense qu'un jour il pourra finir par être roüé ou pendu par les mains de monsieur son père.... Mais qu'as-tu donc, mon petit Marclof, tu n'as pas l'air de m'écouter ? »

En effet, Marclof était depuis quelques instans plongé dans de profondes réflexions. Ce qui l'avait le plus frappé dans le récit de Fanny, c'était le vol de l'enfant. Cette idée avait réveillé en lui tous les projets de vengeance qu'il méditait depuis long-temps contre les enfans de Clarenville ; il crut avoir enfin trouvé les moyens, et l'occasion qu'il désirait si ardemment, et il répondit à l'interpellation de Fanny : « Ma chère amie, je délibérais en moi-même, si je devais avoir assez de confiance en votre amitié, pour réclamer de vous le service le plus important que vous puissiez me rendre. — Compte non-seulement sur moi, mais encore sur le secours de tous mes camarades; de quoi s'agit-il ?

Marclof, enhardi par cette assurance, lui raconta alors longuement tous les sujets de haine qu'il prétendait avoir contre Julie et les Clarenville; il n'oublia rien de tout ce que son imagination put lui suggérer pour exagérer leurs torts, et finit par proposer à l'honorable société d'enlever les deux enfans. — L'entreprise, dit-il, ne présente ni difficulté ni danger ; je vous procurerai une barque, avec laquelle vous pourrez guetter et saisir le moment favorable ; j'aurai soin moi-même de vous le faire connaître ; re-mettez - moi les deux enfans, et je vous compte sur-le-champ cinquante louis !

Toute la société fit un généreux cri d'indignation à ces derniers mots : « Recevoir de l'argent d'un confrère ! Fi donc ! Ce sont-là de ces petits services qu'on doit se rendre mutuellement et sans intérêt, » dirent ces braves gens, et ils finirent par assurer Marclof, avec les juremens les plus énergiques, qu'avant trois jours les deux enfans seraient en son pouvoir. Après être

convenus de toutes leurs mesures, et
s'être indiqué un lieu secret à Nantes,
où ils pourraient se voir en sûreté et
se concerter, ils se séparèrent. Deux
membres de la société conduisirent
Marclof sans accident hors de la forêt:
ils s'embrassèrent, après s'être encore une fois juré un attachement in-
violable. Marclof revint à Nantes; ses
complices furent exacts au rendez-
vous, et les deux enfans furent enle-
levés, comme on l'a vu.

Il avait été convenu que les brigands remettraient les deux enfans au
pouvoir de Marclof; mais la chose
n'avait pas entièrement tourné comme
ils l'avaient espéré. Julie et un des
deux enfans avaient péri dans leurs
mains, ils n'avaient pas encore at-

teint le rivage, qu'ils virent toute la
maison et les convives de Clarenville
accourir sur le théâtre de leurs crimes;
la crainte d'être poursuivis comme
meurtriers, leur fit oublier la promesse qu'ils avaient faite à Marclof,
et au lieu d'aller le rejoindre, comme
ils en étaient convenus, ils se dirigè-
rent d'un côté opposé à celui où il les
attendait, et ne s'arrêtèrent que
dans la forêt où Marclof les avait ren-
contrés.

Le lendemain, Fanny ou Véronica
(car depuis peu, elle avait adopté ce
dernier nom), Véronica, dis-je, couvrit le petit Clarenville de haillons,
s'en revêtit elle-même, et soit par
curiosité, ou par tout autre motif,
elle s'achemina avec le petit sur son

dos , à la manière des mendians, vers
le lieu qu'habitait la nourrice, dont
elle avait précédemment volé le nourrisson. Elle la trouva en pleurs et hors
d'état de prêter la moindre attention
aux lamentations qu'elle lui fit, pour
lui demander l'aumône. La mère de
l'enfant volé était là ; elle était venue
pour voir son enfant, et avait été
comme frappée de la foudre en appre-
nant qu'il avait disparu. Elle accablait
d'injures et de menaces la malheureuse
nourrice ; « Misérable, s'écria-t-elle,
qu'as-tu fait de mon enfant ? Que vais-
je devenir ! Irai-je m'exposer au trai-
tement cruel d'un époux féroce, qui
m'accusera de la mort d'un fils dont
il se réjouissait de faire son succes-
seur. Ah ! malheureux enfant, sans

doute j'aurais préféré te voir mort, plutôt que de te voir exercer un état qui me fait horreur ! Mais encore une fois que deviendrai-je, moi ? Jamais je n'oserai reparaître devant mon mari !»

Véronica qui avait écouté depuis long-temps les plaintes de la mère et les regrets de la nourrice, sans qu'on eut fait attention à elle, s'avança alors d'un air patelin, et profitant d'un moment de silence : « Hélas, mes bonnes âmes, mes âmes charitables, dit-elle, le bon Dieu n'est pas toujours juste ; il ôte les enfans à ceux qui ont le moyen de les nourrir, et il les laisse à ceux qui n'ont pas une bouchée de pain à leur donner.»

Un rayon d'espoir brilla à ces mots dans les yeux de la femme du bour-

reau. « Tu n'as pas de pain pour ton
enfant, bonne femme, dit-elle avec
vivacité? Eh bien, vends-le moi, il ne
manquera de rien.

— J'en suis bien persuadée, charitable dame ; mais moi, je n'en serai
pas plus avancée ; au contraire, j'aurai
moins d'aumônes, quand je n'aurai
plus d'enfant : — Je te donnerai cent
louis, avec cette somme tu pourras te
dispenser de mendier.

Véronica fit encore quelques difficultés pour la forme, et finit par con-
clure le marché. Il aurait été difficile
de décider, laquelle de ces trois personnes était la plus satisfaite ; la
femme du bourreau n'avait plus rien
à craindre du courroux de son brutal
époux ; l'état auquel les lois desti-

naient son fils , diminuaient beaucoup
pour elle les douceurs de la mater-
nité ; la paysanne , que le nom seul
de bourreau faisait fremir , promit de
bon cœur de garder le secret , sur
cette substitution ; elle était trop
heureuse de se voir délivrée des poursuites dont elle était menacée , et Véronica gagnait cent louis à un marché
qui la débarrassait d'un enfant dont
elle ne savait que faire.

On dépouilla le petit Clarenville de
ses haillons , et on le couvrit de vête-
mens plus propres qui appartenaient
à l'enfant du bourreau. Ce fut pendant
cette opération qu'on aperçut les lettres qui étaient empreintes sur le bras
du petit Clarenville : cette découverte
déconcerta un moment la nouvelle

mère de Charles, elle craignit que son
époux ne conçût des soupçons, s'il
apercevait ces marques; mais Véronica
calma ses alarmes, en lui conseillant de
dire à son époux qu'elle avait elle-même
gravé ces lettres sur le bras de son
enfant, pour le soustraire au danger d'être changé en nourrice; ce qui
arrive plus souvent qu'on ne pense,
et ce qu'on est tenté de dire toutes
les fois qu'on trouve des enfans dont
les inclinations sont en opposition di-
recte avec les mœurs et les sentimens
de leurs parens.

Comme il est assez rare qu'une femme
qui va voir son enfant en nourrice,
à deux ou trois lieues de son domicile porte cent louis sur elle, Véronica
fut obligée de se rendre à Blois, et

d'attendre une partie de la journée
dans un lieu convenu, que la femme
du bourreau vînt lui apporter cette
somme. Il était tard, elle passa la nuit
à Blois, et le lendemain elle prit la
route de la forêt pour rendre compte
de sa démarche à ses camarades. Mais
en entrant dans la cabane, elle fut
bien surprise de n'y trouver personne.
Les brigands ne l'ayant pas vue reve-
nir la veille, avaient craint que Véronica ne fût tombée entre les mains
de la justice, et redoutant que par
faiblesse, ou par indiscrétion, elle ne
trahît leur retraite, ils avaient jugé à
propos de décamper. Ne voulant pas
se charger du petit Philippe, ils l'a-
vaient impitoyablement abandonné
dans la cabane. Il était temps pour

lui que Véronica vînt à son secours, il serait infailliblement mort
de besoin, et nous aurions eu un
héros de moins à célébrer. Véronica se consola facilement du départ
de ses camarades ; outre les cent
louis qu'elle venait de recevoir, elle
portait encore sur elle une assez forte
somme en or, provenant de sa part dans
les exploits de la société. Elle prit donc
son enfant et s'éloigna du pays, faisant
tous les métiers, jouant tous les rôles,
excepté celui d'honnête femme.

Marclof attendit vainement que ses
confrères vinssent lui remettre les
deux enfans, ainsi qu'ils en étaient
convenus. Il crut d'abord que le complot avait manqué, et accusait le sort,
qui ne secondait pas sa vengeance ;

mais il fut bientôt instruit par les cent
bouches de la renommée de la catastrophe qui avait plongé deux familles
estimables dans le deuil ; il se réjouit
de ce que le mal qu'il avait fait sur-
passait ses espérances ; mais d'un
autre côté, il n'était pas sans inquiétudes sur la disparition de ses complices ; il savait qu'un des deux enfans existait encore ; il portait des
marques infaillibles pour se faire reconnaître, et si cela arrivait, il courait le danger d'être compromis par
ceux qu'il avait mis en œuvre. Il avait
donc le plus grand intérêt à savoir ce
qu'était devenu cet enfant, et, sous
prétexte de servir une famille à laquelle il était attaché par les liens
du sang, il fit toutes les perquisitions

imaginables, pour le découvrir; mais
toutes ses démarches furent infruc-
tueuses, il n'en entendit plus parler.
Nous savons maintenant la manière
dont cet enfant fut élevé, il nous a
raconté lui-même ses aventures; lais-
sons-le donc pour quelque temps sur
ce vaisseau qui le ramène dans sa
patrie.

Quant à Philippe, le véritable fils
du bourreau, Véronica eut soin de
l'élever comme s'il était son fils, et
se garda bien toutefois de lui jamais
parler de son père. A peine fut-il en
état de parler et de marcher, qu'il
commença à réaliser les grandes espérances qu'elle en avait conçues.
Véronica parcourut successivement
toute la France, l'Allemagne et l'I-

ialie. Tantôt on la voyait dans un
brillant équipage ; elle faisait alors
des dupes au jeu, et tirait le meilleur
parti possible du reste de ses appas.
Tantôt, couverte de haillons, elle par-
courait les campagnes, disait la bonne
aventure aux crédules villageois, aux
élégantes de la ville, non moins crédules; et, dans tous ses rôles, Philippe
lui était d'un merveilleux secours. Au
jeu, il lui servait d'espion, pour lui
découvrir les cartes de son adver-
saire ; il lui servait encore d'espion,
pour apprendre les aventures de ceux
qui venaient la consulter sur l'avenir, et qui restaient émerveillés lorsqu'elle leur dévoilait le passé. Elle
l'appliqua surtout à contrefaire toutes
sortes d'écritures, et il y acquit une
telle dextérité, qu'il mettait en défaut

les yeux les plus clairvoyans. Nous en avons vu un échantillon par les lettres qu'il eut l'audace de mettre sous les yeux de Clarenville, comme étant de la main de son frère Robert.

Soit par l'effet de son abominable éducation, soit que son père lui eût transmis son caractère avec la vie, Philippe devint féroce, emporté et cruel. Sa prétendue mère n'était pas à l'abri de ses emportemens ; plus d'une fois il leva la main sur elle ; plus d'une fois il l'abandonna. Ce fut après une scène de cette nature que l'*ingrat* ayant voulu *voler* de ses propres ailes, fut saisi en flagrant délit, conduit dans les prisons de Blois, d'où il ne sortit que pour être frappé de verges, et flétri par Charles, par l'enfant qui tenait sa place dans la mai-

son de son père, comme si le Ciel eût
voulu par-là commencer le châtiment
que méritaient la coupable institutrice
et les crimes de son digne élève. Durant le cours de cette exécution, qui
lui fit tant d'horreur, Charles, absorbé
par la douleur et le désespoir, avait
à peine remarqué la figure du condamné ; il n'est donc pas étonnant
qu'il l'eût vu à St.-Domingue sans le
reconnaître. Mais au moment où Philippe avait senti le fer ardent sur son
épaule, il s'était retourné, et avait
menacé Charles avec une expression
de férocité que celui-ci retrouva
dans tous les traits de ce monstre,
lorsqu'il se présenta chez Clarenville,
pour détruire le bonheur de nos
amans.

3. 16

CHAPITRE XXXV.

Nouveaux développemens.

Près de vingt ans s'étaient écoulés depuis l'affreuse catastrophe qui avait causé la mort de Julie. Marclof jouissait de l'impunité de son crime, et continuait le cours de ses désordres. Toujours astucieux, toujours hypocrite, il avait conservé l'art de passer pour un honnête homme aux yeux de ses concitoyens. Il triomphait en lui-même d'avoir mis en défaut la justice des hommes, en se riant de celle de Dieu, qui semblait laisser toutes ses actions impunies ; mais le moment approchait, où la justice divine allait prouver, en frappant le coupable, que la vengeance céleste ne retient souvent ses foudres, que pour frapper le coupable avec plus d'éclat, et lorsqu'il s'y attend le moins.

Marclof, depuis long-temps ressentait déjà, sans se l'avouer, les effets de cette vengeance divine dont il méconnaissait les effets : il avait pendant plusieurs années prospéré dans la fraude et le crime, si j'ose m'exprimer ainsi : le voile impénétrable de l'adresse la plus profonde et la mieux combinée, avait toujours couvert ses ruses diaboliques et ses complots odieux. Il avait, à la vérité, dépouillé beaucoup de personnes au jeu qui, dans leur désespoir, l'accablaient de malédictions, comme l'auteur de leur ruine ; mais

leurs plaintes n'arrivaient pas jusqu'aux oreilles du public : c'est en
secret que les joueurs exhalent leur
rage, et comme, non-seulement on
ne pouvait convaincre Marclof d'escroquerie ou de mauvaise foi, mais
qu'on ne l'en soupçonnait même pas,
on enviait ce qu'on appelait son bonheur, mais on ne l'accusait pas. Marclof nagea donc long-temps dans l'ai-
sance, long-temps il put se livrer aux
plus folles dépenses, satisfaire ses goûts
les plus extravagans sans épuiser la
source de sa fortune. Mais il est un
terme à tout ; à force de toujours
gagner, sa réputation se répandit à
la fin dans toutes les villes où il avait
exercé ses talens; il ne trouva plus
de dupes qui voulussent courir le dan-

ger de se ruiner avec lui ; les recettes
diminuèrent ; sans qu'il retranchât rien
de la dépense ; il rencontra plusieurs
fripons plus adroits que lui, qui le dé-
pouillèrent à son tour, comme il avait
dépouillé les autres ; de sorte qu'à l'é-
poque où M. Clarenville traversait
les mers pour voler dans les bras de
son frère, Marclof n'était guère plus
riche qu'au moment où il avait voulu
terminer ses jours dans la Seine.

La passion du jeu avait d'abord
étouffé dans son âme tout sentiment
d'honneur et de probité : ses premiers
revers l'avaient rendu fripon, sa
dernière détresse le rendit tout-à-
fait scélérat ; car dans la carrière du
crime on avance toujours, et il est
bien rare qu'on rétrograde. Un vaste

projet fermentait alors dans la tête
de Marclof : il ne s'agissait de rien
moins que de se rendre possesseur de
l'immense fortune des deux Clarenville et de leurs épouses. Tous leurs
parens étaient morts, il ne restait
plus que quatre personnes : Robert
Clarenville, qui demeurait à Nantes,
et les trois qui habitaient St.-Do-
mingue. Marclof, après la mort de ces
quatre personnes, se trouvait de droit
l'héritier de tous leurs biens, et il
n'eut pas plutôt fait cette réflexion,
qu'il la regarda comme une inspiration
de son bon génie, et ne s'appliqua
plus qu'à imaginer les moyens de
hâter le moment où il pourrait entrer
en possession. L'entreprise , il est
vrai, présentait de grandes difficultés;

il ne s'agissait de rien moins que de se
défaire de quatre personnes, tant en
Europe que dans le Nouveau-Monde ,
et il y avait de quoi rebuter un génie
moins entreprenant que celui de Marclof. En attendant, il jugea conve-
nable de faire d'abord quelques efforts
pour s'assurer provisoirement la plus
grande partie de la succession de
Robert. Robert n'avait plus d'enfant ,
Marclof pensa qu'en lui faisant la
cour , il ne serait pas difficile de lui
faire faire un testament en sa faveur. Mais il ne tarda pas à s'aper-
cevoir qu'il fallait abandonner cette
espérance ; Robert ne parlait que de
son frère et de sa nièce , et ne cessait
de répéter que cette dernière serait
son unique héritière : il lui confia

même un jour qu'il avait fait son testament en sa faveur, qu'il se proposait de
le faire passer à St.-Domingue, ou de
le remettre à son frère, s'il venait
quelque jour en Europe, ainsi qu'il le
lui avait promis. Cette confidence, qui
renversait une partie du plan de
Marclof, augmenta sa haine contre
les Clarenville, et il résolut d'avoir
recours à d'autres moyens pour s'assurer leur fortune.

Un soir qu'il se promenait sur les
bords de la Loire, en face de la belle
maison de campagne de Robert, qu'on
apercevait, sur la rive opposée; il re-
marqua un homme debout contre un
arbre, et dont toute l'attention paraissait également fixée sur cette maison.
Cet homme s'étant retourné au bruit des

pas de Marclof, celui-ci fit un cri de surprise en l'apercevant. C'était un coquin qu'il avait vu plusieurs fois dans de mauvaises sociétés, et qui avait souvent aidé Marclof à faire des dupes, dans différentes villes de provinces. L'homme avait également reconnu Marclof, et tous deux d'un mouvement spontané, se jetèrent dans les bras l'un de l'autre, en se témoignant le plaisir qu'ils avaient de se revoir. Or, ce *brave homme*, que Marclof était si content de rencontrer, n'était autre que Philippe, l'élève et l'enfant supposé de Fanny ou de Véronica.

Nos deux amis continuèrent la promenade ensemble, et s'étant ensuite assis dans un lieu écarté, où personne ne pouvait les voir ni les entendre, ils commencèrent la conversation suivante :

« Il me semble, dit Marclof, que tes affaires ne sont pas dans l'état le plus brillant, si j'en juge d'après ton costume plus que modeste.

— Que veux-tu, mon cher, tu sais que l'envie s'attache toujours aux grands talens ; les gens de justice sont de singulières gens ; ils prétendent avoir le droit exclusif de voler, et ils nous arrêtent dans notre essor, uniquement parce que nous allons sur leurs brisées ; j'ai eu plusieurs démêlés avec eux, cela m'a dégoûté du métier, au point que je suis résolu de faire une fin et de me retirer des affaires.

— Mais que faisais-tu donc planté

comme un terme devant la maison de Robert Clarenville ? On aurait dit que tu voulais en lever le plan.

— Entre nous deux, il ne doit pas y avoir de secret, ainsi je ne ferai aucune difficulté de te mettre dans ma confidence, d'autant plus que tu pourrais m'être utile, quand ce ne serait que pour me donner quelques renseignemens dont j'ai besoin. Comme je viens de te le dire ; je veux faire une fin ; j'ai usé l'Europe ; trop de gens se mêlent du métier, il n'y a plus qu'à grapiller ; aussi j'ai formé le projet d'aller à St-Domingue ; mais pour cela il faut que je fasse mes adieux à la France, par un coup qui en vaille la peine ; il faut, en un mot, que je trouve quelqu'un qui se charge des frais de

la traversée , et qui me fournissse des
fonds pour faire un établissemcrnt honorable dans les îles. Or, la nmaison
devant láquelle tu m'as vu enn con-
templation , sert de demeure à un
homme qui me paraît réunir toutes
les qualités nécessaires pour mee tirer
d'embárras ; il est veuf, sans ennfans ;
il doit avoir beaucoup d'or, sa nmaison
est isolée, il n'a presque pas dde domestiques ; ainsi , en une heunre de
temps, on peut l'avoir débarraassé de
la vie , se rendre au port avèc scon argent , s'embarquer et se trouvver en
pleine mer, avant qu'on se doutte seulement que le vieux Crésus a cessé
de vivre.

— Voilà une confidence épovuvan-
table ! Certainement je m'opposserai à
ce dessein-là.

— Voilà du nouveau! De quoi te
mêles-tu? Je ne t'ai jamais vu si scru-
puleux!

— Tu cesseras de t'en étonner,
quand tu sauras que c'est moi que tu
veux dépouiller.

— Toi! Est-ce que tu aurais de
l'argent placé chez ce vieux coquin de
Robert?

— Pas précisément, mais je suis son
héritier, et tu conçois.....

— Ah, diable! je ne savais pas cela;
en effet dépouiller un confrère! Allons, je vois bien qu'il faudra me retourner d'un autre côté.

— Non, non! Ton projet sert trop
bien les miens pour que je m'y op-
pose; mais tu conviendras aussi que
pour prix de ma générosité, tu me

croiras en droit d'exiger de toi un léger service.

— C'est trop juste : parle, , je sui prêt à tout faire pour toi; dde quc s'agit-il?

— D'une bagatelle! Ton ddesscin m'as-tu dit, est de passer à Saiiint-Do mingue : cela entre merveilleussemen dans mes vues et dans mes inutérêts Il y a là trois personnes qui viven trop long-temps; leur mort mae ren drait le plus riche particuliöer de France, tu dois m'entendre!

— A merveille! Touche-là. Avan la fin de l'année, tu peux compter su leur extrait mortuaire.

— Crois qu'un tel bienfait ne rrestera pas sans récompense. Je ne suis ppas in grat. Voici donc ce qu'en revanche je

m'engage à faire pour toi. Nous partage-
rons en frères l'argent que nous trou-
verons chez Robert; je dis nous, car
je prétends t'aider dans cette brillante
entreprise. Mais il y a chez lui un testament que je veux avoir en mon
pouvoir, il pourrait anéantir mes espérances. De plus, au reçu des trois
extraits mortuaires, je t'expédie un
contrat de dix mille livres de rente
viagère. Est-ce convenu? As-tu quelqu'objection à faire?

— Aucune. Tu auras le testament;
ce chiffon de papier ne peut m'être
d'aucune utilité. Il n'entrait pas d'a-
bord dans mon projet de partager
avec personne l'argent que je dois em-
prunter à Robert; mais avec un ami
comme toi on n'y regarde pas de si

près, j'accepte les dix mille livres de
rente en échange des trois extraits
de mort. »

Après ces conventions préliminai-
res, il ne restait plus à nos deux *héros*,
avant d'en venir à l'exécution, qu'à
délibérer sur les mesures à prendre
pour la réussite de leur infernal projet. Le jour avait disparu pendant
leur conversation, ils reprirent ensemble le chemin de la ville , en
silence, et passèrent une partie de
la nuit à dresser leurs batteries.
Après avoir successivement adopté et
rejeté plusieurs plans, on s'arrêta dé-
finitivement à celui-ci.

On sait que Philippe avait un ta-
lent merveilleux pour contrefaire
toutes sortes d'écritures. A l'aide d'une

lettre de Clarenville que Marclof avait
en son pouvoir, Philippe écrivit à Robert une lettre de recommandation,
en sa faveur, de la part de son frère,
qui le représentait comme un orphe-
lin, rempli d'honneur et de probité,
et qui ne pouvant s'acclimater à St-
Domingue, avait pris la résolution
d'aller en France pour y trouver quelqu'emploi. Muni de cette fausse lettre
et de plusieurs autres pièces, également fausses, Philippe n'hésite pas à
se présenter à Robert. Trompé par
l'imitation de l'écriture de son frère,
il se fit un véritable plaisir de garder
chez lui le monstre qu'on recomman-
dait à sa protection: Il avait vu son
frère, sa belle-sœur, sa nièce! Quel
plaisir pour lui d'avoir quelqu'un à

qui il pût parler de ces êtres qu'il chérissait tant! Aussi Philippe eut bientôt toute la confiance du vieillard, qui,
au lieu de le traiter comme un domestique, suivant sa première intention,
lui donna le titre pompeux de secré-
taire, et ne l'employait qu'à mettre
ses papiers en ordre et à faire quelques copies. Bientôt Philippe, qui ac-
compagnait son maître à sa maison de
ville et à sa maison de campagne, eut
découvert le testament de Robert et
la cassette où il gardait son or. Il se
garda bien de faire part de sa découverte à Marclof, car ses idées avaient
pris une autre direction depuis son séjour chez Robert. « Pourquoi, se disait-il, partagerais-je avec un autre une
somme que je puis garder toute entière?

Pourquoi le rendrais-je héritier d'une fortune que je puis m'approprier ! J'ai gagné Robert en imitant l'écriture de son frère, ne puis-je pas me servir du même moyen pour engager Claren-ville à me donner sa fille en mariage ? Le testament authentique que je lui remettrai, levera tous les doutes, em-pêchera le soupçon de naître, et pour le coup, je pourrai dire que j'ai fait une fin honorable. »

En conséquence de ce nouveau plan, la mort de Robert ne fut différée que jusqu'au moment où le scélérat de Philippe serait sûr des moyens de dis-paraître après l'exécution du complot. Il arrêta son passage, sous le faux nom de Durivage, sur un bâtiment qui de-vait faire voile pour Saint-Domingue.

Véronica, à l'insu de Marclof se tenait cachée à Nantes. Philippe l'ins-
truisit de tout, et le jour fixé pour
l'exécution du meurtre, il ne llui fut
pas difficile de la tenir cachée dlans la
maison même de Robert. Roboert devait aller à Nantes le lendemaiin, et
avait envoyé ses domestiques ddevant
pour mettre sa maison en ordre : il ne
restait à la maison de campagme que
le jardinier, qui avait son logçement
loin du principal corps de logis,, et on
n'avait rien à craindre de lui. Dians la
matinée, Philippe avait envooyé à
Marclof une lettre par un paysan,
pour l'avertir, ainsi qu'ils en éétaient
convenus. Le monstre, accompagné
de deux bandits que Philippe luii avait
procurés, se mit en route malgré una

orage épouvantable et la pluie qui
tombait par torrens. Ce fut lui qui en
passant devant l'arbre où Clarenville
s'était abrité, prononça les paroles qui
lui donnèrent tant d'inquiétudes. Philippe, qui guettait l'arrivée de ses complices, leur ouvrit la porte extérieure,
les introduisit, et les cacha pendant
quelque temps dans une chambre, sous
prétexte d'attendre le moment favorable pour leur dessein ; mais dans le
fait pour exécuter son projet de tromper Marclof. En effet ce fut dans cet
intervalle, qu'il remit à Véronica la
cassette qui contenait l'or et le testament de Robert ; il la fit sortir par une
issue secrète, et la mégère, munie de
son trésor, se rendit au port ; et attendit son prétendu fils sur le bâtiment,

qui n'attendait plus que ce ddernie
pour mettre à la voile.

Quand il crut que sa mère étâtait as
sez loin, Philippe alla chérchher se
complices, et tous quatre s'étannt co
verts la figure d'un masque, entıtrèren
armés de poignards dans la chhambr
de l'infortuné Robert, au momment o
il adressait sa prière au Ciel, , avau
de se livrer au repos. Qu'on jujuge d
son effroi, quand il vit eatrœrer cc
quatre bandits. Il voulut appœeler a
secours; mais ils se jetèrent sısur lui
pour le garotter. En se débatıttant
fıt tomber le masque de Philippe,e, qui s
royant découvert, se hâta de luıui plor
ger son poignard dans le flanœc. Ro
bert, tomba sans connaissance,e, et l
croyant mort, les deux banœdits s

mirent en devoir de piller la maison,
tandis que Marclof, occupé d'un objet
plus pressant ne cessait de crier à Philippe : *le testament! le testament!*
Je vais vous le chercher, dit le fourbe,
et, le faisant entrer dans une chambre
voisine, il lui dit : Attendez - moi là.
Comme il avait pris ses précautions,
Philippe sortit à la hâte de la maison,
monta sur un cheval, qu'il avait disposé pour sa fuite, prit au grand ga-
lop la route de Nantes, et il était en
pleine mer avec Véronica et son trésor avant que Marclof fût sorti de la
maison de Robert.

Cependant celui-ci, qui attendait
avec impatience le retour de Philippe,
fut saisi de surprise et d'effroi, quand
il entendit Clarenville dans la cham-

bre de Robert ; ce fut pour l'eſſfraye
et le contraindre de fuir qu'il l lui
des menaces en grossissant sœa voi
Mais quand il entendit qu'on lee poui
suivait, il se hâta de fuir , et rœncon
trant les deux bandits : *Nous scomme
trahis*, leur dit-il sans s'arrêterſ. Ceu.
ci, ne sachant de quelle naturre éta
le danger, n'en furent que pluss épot
vantés, et fuyant avec lui, ils lde firei
entrer dans une barque, qu'ilds troi
vèrent au bord de la Loire, et t gagn
rent l'autre rive à force de ramees, m(
contens d'une expédition qui ne leı
avait rien rapporté, et craignaant qı
Philippe n'eût été arrêté et ne ſifinît pɛ
les trahir. Ils se séparèrent, eet Ma
clof eut l'adresse et le bonheurr de gɛ
gner son logis sans avoir été reeconn

Tourmenté par la crainte plutôt que par les remords, Marclof ne put fermer l'œil de la nuit, et dès que le jour parut, il sortit dans l'intention de recueillir les bruits publiés sur l'assassinat de la veille. Il ressentit une joie infernale lorsqu'il apprit que Clarenville était arrêté et accusé du meurtre de son frère ; il ne tarda pas à se convaincre qu'on n'avait aucun soupçon sur les véritables auteurs du crime ; mais il frémit intérieurement lorsqu'il sut, que d'après la déclaration de Clarenville, la justice faisait faire les perquisitions les plus exactes pour s'assurer de Philippe. Il ne savait que penser de sa disparition ; ce qui lui parut le plus probable, c'est que Philippe, ayant entendu

3. 18

du bruit dans la maison de Robert
avait pris la fuite et se tenait cach(
Lorsque le jour du jugement a arriva
Marclof fut assigné comme un témoi
à décharge. S'il eût été certain qu'un
déposition calomnieuse de sa part eû
suffi pour perdre Clarenville, i il n'es
pas douteux qu'il ne l'aurait ppas mé
nagé; mais il lui importait de déguise
sa haine pour écarter les souppçons
et, fidèle à son système d'hypoocrisie
il fit un éloge pompeux et pubblic de
vertus de celui dont il désirait la mort
Il était placé derrière Clarenvillle per
dant que celui-ci prononçait sa ddéfens
avec une candeur et un ton de vérit
qui commençaient à ébranler les juge
Soit qu'il eût le dessein de trouble
l'accusé dans son discours, ou d'e

atténuer l'effet, en le jetant dans un
embarras visible, ce fut lui qui prononça à l'oreille de Clarenville, ces
menaces qui jetèrent le trouble dans
la salle d'audience. Clarenville se re-
tourna pour voir qui lui avait parlé ;
mais il était loin de croire, ainsi que
les autres spectateurs, que ces paroles
menaçantes fussent sorties de la bouche de celui qui venait de lui donner
des témoignages publics de son estime
et de son affection.

Clarenville avait été acquitté, et
après avoir rendu les honneurs funè-
bres à son malheureux frère, il ne
s'occupa plus que de venger sa mort
et de faire punir son meurtrier. Les
craintes de Marclof redoublèrent, sa
haine s'en accrut, et ce fut dans un

moment de rage, qu'oubliant sa prudence ordinaire, il écrivit à Clarenville un billet anonyme, qu'il fit remettre secretement à son auberge.
Non content de cela, il tint conseil
avec les deux bandits qui l'avaient
aidé à assassiner Robert, et à force
de prières et de promesses, il parvint à les engager encore à lui prêter leur assistance pour s'assurer de
Clarenville. Dès lors toutes ses démarches furent surveillées, il fut suivi
lorsqu'il quitta son auberge pour se
rendre au port. On a vu comment ils
l'avaient arrêté et garotté dans une
rue solitaire. Il est probable que le
projet de Marclof n'était pas d'assassiner Clarenville ; ou qu'il ne voulait lui
donner la mort qu'après l'avoir con-

traint de signer en sa faveur une re-
nonciation entière à la succession de
Robert. Quoi qu'il en soit, la Providence, qui ne laisse jamais le crime
impuni, avait choisi pour frapper
Marclof, l'instant où il se croyait certain de recueillir le fruit de ses forfaits.
C'est elle, on ne saurait en douter,
qui avait amené Charles au secours de
Clarenville; elle choisit pour punir le
meurtrier, le bras même de cet enfant que Marclof avait d'abord condamné à la mort, et puis à l'ignomi-
nie. Oui, ce brigand, qui était prêt à
ôter la vie à Clarenville, et à qui
Charles plongea son propre poignard
dans le sein, ce monstre était Marclof! On sait que Charles et Clarenville s'éloignèrent et s'embarquèrent
de suite.

La première personne qui sortit l
matin du lendemain, ayant aperçu l
cadavre de Marclof, baignant dan
son sang au milieu de la rue, donna l'a
larme; la justice s'étant transportée su
les lieux, on eut d'abord de la peine
reconnaître Marclof, sous les haillon
avec lesquels il s'était déguisé, et
travers les différentes couleurs dont i
avait masqué son visage : ce fut san
doute encore par une permission d
Dieu, qu'en faisant l'examen de s
personne, on trouva sur lui le bille
que Philippe lui avait écrit le jour d
l'assassinat de Robert. Il était ains
conçu :

MON CHER MARCLOF,

« C'est ce soir que nous expédion
« au vieux Robert un passe-port pou

« l'autre monde : l'occasion est favo-
« rable ; tous les domestiques sont à
« Nantes, je suis seul, et j'aurai soin
« de te tenir les portes ouvertes. Je
« t'attends avec les deux *braves* que je
« t'ai fait connaître, et sur lesquels tu
« peux compter. Ne manque pas ; nous
« pourrions attendre long-temps une
« semblable occasion, et il me tarde
« de passer à Saint-Domingue.

Ton confrère, PHILIPPE.

D'après ce billet, il parut évident
à la justice que l'assassin de Robert
était réfugié à Saint-Domingue. On
prit des renseignemens aux bureaux
de l'amirauté, on consulta les registres,
le nom de Philippe ne s'y trouvait pas
(on sait qu'il s'était embarqué sous

celui de Durivage) mais on trouva q
le signalement joint à ce derniier no
se rapportait assez avec celuui qu'(
avait déjà sous le nom de PPhilip
On trouva de nouvelles preuvves da
les papiers qu'on examina ddans
domicile de Marclof, et la CCour (
Nantès écrivit à Saint-Dominngue a
Gouverneur une lettre porrtant
signalement de Philippe, avecc invit
tion de s'assurer de sa personnne et (
le faire transporter à Nantes ; pour
être jugé. Le bâtiment chargéé dé c
dépêches ayant été retardé enn rou
par les vents contraires, il avvait é
obligé de relâcher, et n'était t arriv
que la veille du jour fixé pour r le m
riage d'Elise.

Maintenant tous lès mystèrees son

éclaircis, il n'en reste plus qu'un, c'est de savoir si le malheureux Charles était le frère ou le cousin d'Elise; mais comme nous approchons du dénouement de cette histoire, il est probable que nous ne la terminerons pas sans satisfaire complétement la curiosité de nos lecteurs.

CHAPITRE XXXVI.

Nouvelle Crise.

Qu'elle est consolante, qu'elle est sublime cette religion qui nous détache de la terre pour élever tous nos vœux vers le séjour céleste ! Que deviendrait le malheureux opprimé par le sort, ou persécuté par l'injustice des hommes, sans l'espoir d'une meilleure vie?

Charles, frappé dans ses affections les plus chères, trompé dans ses plus douces espérances, n'ayant plus sur cette terre qu'une longue et douloureuse perspective de honte et de misère, Charles succombait sous le poids de ses maux; maintenant il les bénit,

il les envisage sans effroi, depuis que,
par l'organe du saint homme qui l'é-
claire et le console, la voix du Ciel,
comme une douce rosée, a pénétré
dans son âme, en a relevé les forces
abattues par les orages de l'adversité.
Il n'a plus rien à espérer des hommes;
Dieu est maintenant son unique refuge:
il supportera courageusement le fardeau de la vie; les humiliations qui l'attendent; il les offrira au Ciel en ex-
piation de ses erreurs et de ses fautes.

Cependant, malgré sa résignation,
le souvenir d'Elise vient souvent troubler sa pensée; en vain il s'efforce de
l'oublier, cet effort est au-dessus de
ses forces; malgré lui cette image sé-
duisante s'offre à lui au milieu des
prières qu'il adresse à l'Eternel. Souvent son courage l'abandonne, et les

larmes qu'il verse en abondance lui prouvent qu'il payera encore souvent son tribut à la faiblesse humaine, et qu'il lui sera difficile d'arracher tout-à-fait de son cœur les regrets et les biens tèrrestres.

Plus on approche du terme du voyage, plus Charles sent son courage chanceler; il ne songe pas sans frémir qu'il va se retrouver au milieu d'une ville populeuse, sans égide contre la honte qu'il craint; sans secours contre les peines qui l'attendent. Il se demande souvent quel parti il embrassera; comment il éludera les questions auxquelles il ne pourra se soustraire; où il trouvera les moyens d'oublier le monde pour se consacrer entièrement à Dieu. Une idée le frappe, il lui mble esque c'est le Ciel qui la lui a ins-

pirée; il se hâte de la communiquer
au père Saint-Romain, (C'était le nom
du moine). « Mon père, lui dit il,
grâce à vos instructions, je suis ré-
concilié avec la vie! Mais qui me donnera la force de la supporter dans le
monde? Ah! quand vous ne serez plus
là pour soutenir mon courage, mille
circonstances imprévues peuvent as-
saillir encore mon âme mal affermie,
et troubler de nouveau ma faible raison. C'est dans un désert, qu'à l'exem-
ple des premiers pères de l'Eglise, je
pourrais seulement oublier le monde
pour ne penser qu'à Dieu. Mais il n'y
a pas de désert dans les lieux où nous
allons; partout je trouverai des hommes, partout je serai victime de leurs
préjugés. Je crois donc que la soli-
tude d'un cloître est la seule retraite

qui me convienne désormais, le seul
asile où je puisse trouver le repos. Di-
tes-moi, mon père, pourriez-vous me
faire recevoir dans votre couvent?
Vous connaissez la tache de mon origine, ne sera-t-elle pas aussi un obstacle à mon admission?

Le père Saint-Romain lui assura
que sur sa recommandation, il serait
admis au nombre des novices, sans
que l'on exigeât d'autres renseignemens sur sa personne; et après avoir
mûrement réfléchi sur cette résolution, ils finirent par convenir tous deux
que c'était le seul parti à prendre dans
la situation extraordinaire où se trouvait Charles. Charles, tranquillisé par
cette assurance, recouvra peu à peu
le repos de l'âme; les austérités de la
vie monastique ne l'effrayaient pas;

ce n'était rien en comparaison des
assauts qu'il redoutait dans le monde;
il regarda les événemens de sa vie an-
térieure comme une pénible traversée
sur une mer orageuse, et le cloître
comme un port assuré, où il perdrait
le souvenir des tempêtes qu'il avait
essuyées.

Terre! Terre! Ce cri si doux après
une longue traversée, retentit enfin
du haut du mât; le tillac se couvre de
tout l'équipage, avide de découvrir de
loin cette terre chérie, objet de tous
leurs désirs; elle parut d'abord comme
un faible nuage à l'horizon; bientôt
le nuage s'agrandit, on découvre au
loin des montagnes, puis la vaste
campagne, enfin la ville de Nantes
paraît, et les cris de joie retentissent
dans tout le bâtiment. On entre en

rivière, et l'on débarque à travers une foule de curieux ou d'intéressés ; les premiers viennent satisfaire un sentiment d'habitude ; les autres viennent à la rencontre d'un fils ou d'un père ; on cherche un parent, un ami, ou si l'on ne le trouve pas, on demande de ses nouvelles à tous ceux qui débarquent. Hélas ! pensait Charles, en voyant tous ces gens empressés, mon arrivée ne causera ni joie ni douleur ! Je n'ai ici ni parent ni ami ! Et il s'empressa de se dérober à cette foule dont il craignait les regards.

Il suivait le père Saint-Romain dans un morne silence ; il craignait de lever les yeux, dans la crainte de les arrêter sur quelqu'un qui aurait pu le reconnaître, il tremblait, il avait l'air d'un criminel. Le religieux lui fit de tendres reproches sur ses inquiétudes, et s'efforça de lui prouver qu'elles étaient sans fondement. Dans ce moment ils passaient devant la prison de la ville, la populace y accourait de toutes parts et retardait leur marche; le père Saint-Romain demande à un passant quelle est la cause de ce concours extraordinaire.

— C'est, lui répondit cet homme, un assassin qui s'est tué, et que le bourreau va traîner sur la claie.

Au nom du bourreau, Charles frémit, une sueur froide se répand sur tout son corps, il s'arrête, lève les yeux; et, à la vue des barreaux qui garnissaient les fenêtres de la prison, il recule d'horreur. La foule qui allait toujours en croissant le sépare de son conducteur, il n'est plus en état de

réfléchir à ce qu'il fait; il ne songe
qu'à fuir d'un lieu qui lui rappelle tant
de souvenirs douloureux. Il s'éloigne
à grands pas, cherche les rues les plus
solitaires et s'arrête tout-à-coup en re-
connaissant la place où il avait sauvé
la vie à Clarenville. Ce souvenir lui
arrache des larmes, il lui rappelle tout
ce qu'il a espéré, tout ce qu'il a perdu.

Il restait immobile, plongé dans un
abîme de réflexions, lorsqu'il se sentit
heurter par quelqu'un qui marchait
très-vite. La personne s'arrête et lui
demande excuse. Au son de cette voix
qui frappe Charles d'une nouvelle terreur, l'infortuné lève les yeux et
pousse un grand cri en reculant d'é-
pouvante. Qu'on juge de ce qu'il dut
éprouver, l'homme qui lui parlait était
son père.... le bourreau de Blois!!!!

L'horreur et la surprise semblaient
avoir cloué Charles sur le pavé; il
aurait voulu fuir aux extrémités de
la terre, ses jambes fléchissaient sous
lui; il voulait parler, mais ses dents
se serraient avec force et la parole
n'arrivait pas jusqu'à ses lèvres. Cependant celui qui était l'objet de sa
terreur, venait de le reconnaître, et,
avec la férocité d'un tigre qui saisit sa
proie, il s'élance sur Charles, le saisit
au collet d'un poignet vigoureux, et
le secoue brutalement en lui disant :
« Ah! je te retrouve donc enfin! Pour
cette fois-ci, tu ne m'échapperas pas !
Allons, qu'on me suive! il y a une
exécution à faire, j'ai besoin d'un
aide, et je te trouve fort à propos.

Il se mit en devoir d'entraîner

Charles; l'excès du danger lui rendit
ses forces. Une exécution! s'écria-t-
il, moi! non, jamais! jamais! Il s'ef-
forçait en vain d'échapper des mains
du bourreau; celui-ci ne lâchait pas
sa proie, et cherchait toujours à l'entraîner.

« Mon père, s'écria le malheureux
au désespoir, mon père, donnez-moi
la mort; mais ne me forcez pas à
remplir cet horrible ministère.

— Qu'appelles-tu, misérable? Tu
rougis de ton père! Crois-tu valoir
mieux que moi? »

Un piquet de cavaliers de la ma-
réchaussée traversait la rue dans ce
moment; aux cris de Charles, ils
s'approchent, s'informent de ce qui
se passe. « Ayez pitié de moi, s'écrie

Charles, délivrez-moi des mains de
ce barbare! — De par le Roi, Mes-
sieurs, s'écrie à son tour le bourreau,
prêtez-moi main-forte; ce rebelle est
mon fils, il refuse de me suivre, et on
nous attend pour l'exécution. Les cavaliers hésitent, ils interrogent Charles. — Etes-vous son fils, répondez?
— Oui, je suis son fils; mais je mourrai plutôt que de faire ce qu'il exige
de moi. — C'est ce qu'il faudra voir,
la justice en décidera.

Et sans s'arrêter aux cris, aux prières, ni aux menaces de Charles, ils
l'entourent, le pressent avec leurs che-
vaux, le contraignent de marcher devant eux, à travers les flots de la mul-
titude qui accourt de tous côtés, pour
voir un spectacle si nouveau. La noble

figure de Charles, ses pleurs, son désespoir attendrissent tous les cœurs, plusieurs proposent déjà de le délivrer des mains des cruels qui l'entraînent; mais, on leur dit : c'est le fils du bourreau, et tout le monde s'éloigne de quelques pas ; il semble qu'on craigne d'être empoisonné par l'air qu'il respire. Enfin, on arrive à la porte de la prison, une foule immense remplit la place ; Charles souhaite en vain que la terre s'ouvre pour l'engloutir, pour le dérober aux regards avides de six mille curieux ; la porte s'ouvre, on le force d'entrer ; ces longs corridors obscurs retentissent de ses cris de rage et de désespoir; et c'est en poussant des hurlemens épouvantables qu'il est contraint d'entrer dans une salle, où

un nouveau sujet d'épouvante achève
de l'anéantir. A son arrivée, une
femme qui était là jette un cri per-
çant en prononçant son nom ; Charles!
s'écria-t-elle, Charles! Mon père! Le
voilà! Charles a entendu cette voix,
elle a retenti jusqu'au fond de son
âme, elle augmente l'horreur de sa
situation ; il rougissait de honte devant
des gens qui lui étaient étrangers, et
celle qui, dans ce moment, est témoin
de son opprobre ; c'est Elise! Clarenville est à côté d'elle ; c'en est trop
pour l'infortuné, il ne peut supporter
le poids de tant de honte, il pousse un
cri lamentable, et tombe sans mouvement aux pieds de celle qu'il ne peut
plus voir sans rougir.

~~~~~~

CHAPITRE XXXVII.

On approche du dénouement.

CLARENVILLE avait suivi le conseil
du gouverneur ; il mit en ordre toutes
ses affaires autant que le lui permettait le peu de temps qu'il avait à y
consacrer, et ayant confié la gestion
de ses propriétés de St.-Domingue , à
un régisseur général dont il connaissait les talens et la probité, il fit transporter à bord tout ce qui lui était nécessaire pour un voyage de long cours ,
et pour son séjour en France, et le
troisième jour , il s'embarqua avec
Elise, sur le bâtiment destiné à trans-

férer à Nantes Philippe et Véronica.

Avant de se décider à ce voyage,
il s'était rendu à la prison du Cap,
accompagné du gouverneur, pour
tâcher de tirer de Véronica, des renseignemens plus précis sur le sort de
Charles. Il n'épargna aucun moyen
pour la déterminer à lui dire quelles
étaient les lettres, que ce malheureux
jeune homme portait, empreintes sur
son bras; mais soit que Véronica ne
s'en souvînt réellement plus, ce qui
était possible, puisqu'elle ne les avait
vues qu'une seule fois; soit qu'elle se
repentît d'en avoir déjà trop dit, et
qu'elle voulût garder le reste de son
secret, pour s'en faire un moyen d'obtenir sa grâce, il fut impossible d'en
tirer d'autres lumières que celles

qu'elle avait déjà données, et il fallut
bien se résoudre, quelque pénible
que fût cette incertitude, à attendre
qu'on fût devant les tribunaux de
France, pour savoir si Charles était
le fils ou le neveu de Clarenville.

Le moment du départ fut pénible
pour Elise et son père. Elise quittait
les lieux qui avaient été le théâtre des
jeux de son enfance, elle les quittait
sans savoir si elle les reverrait jamais.
Tous ces bons nègres qui l'avaient
vu naître, qui la chérissaient, faisaient retentir les airs de leurs adieux
naïfs et douloureux ; ils auraient voulu
la suivre tous, elle aurait désiré pouvoir les emmener tous, mais cela
étant impossible, Netti et un autre
nègre furent les seuls qui obtinrent

le bonheur d'accompagner leurs maîtres. Clarenville, de son côté, ne pensait qu'avec répugnance qu'il allait
reparaître dans les lieux où il avait
vu son frère chéri baigné dans son
sang, tombé sous les coups d'un exé-
crable assassin ; dans les mêmes lieux
surtout où il s'était vu chargé de ce
crime, et prêt à périr sous le fer du
bourreau. Mais l'amitié, la nature lui
faisaient un devoir de venger la mort
de ce frère ; de plus, il s'agissait pour
lui de retrouver un fils qu'il avait
tant pleuré, ou un époux que sa fille
chérie pleurait encore et regretterait
toujours. Ces douces espérances cal-
mèrent l'horreur de ses souvenirs,
adoucirent l'amertume de ses regrets,
et lui donnèrent assez de forces pour

consoler Elise et soutenir son courage ;
en lui offrant la perspective d'un brillant avenir.

Dans les premiers instans de la na-
vigation , la nouveauté des objets qui
entouraient Elise , interrompirent effi-
cacement le cours de ses pénibles
réflexions. Elle n'avait jamais été sur
mer, elle paya le tribut à cet élément,
et fut très-malade pendant plusieurs
jours ; mais peu à peu sa santé se
rétablit , et dès - lors Charles fut
encore une fois l'objet de toutes ses
pensées ; de ses discours et de ses
vœux. Le bâtiment était un excellent
voilier , un des meilleurs de la ma-
rine royale, et, poussé par un bon vent,
aidé par une excellente manœuvre, il
glissait légèrement sur la surface des

ondes, et s'avançait avec une rapidité incroyable vers les côtes de France. Il atteignit plusieurs vaisseaux, sortis des ports d'Amérique avant lui, les devança tous aux acclamations des matelots, et les laissa bien loin derrière lui. Elise, qui se plaisait souvent à se promener avec son père sur le tillac, témoin plusieurs fois de ce petit triomphe, obtenu par le vaisseau qu'elle montait, loin de se réjouir comme les autres, témoignait souvent son dépit de ce qu'on ne visitait pas tous les bâtimens qu'on signalait. « Qui sait, disait-elle, si Charles n'est pas sur un de ces bâtimens ? Nous le cherchons, et nous perdons peut-être pour toujours l'occasion de le retrouver. » Son père la rassurait, il ui disait,

qu'en le devançant, il serait plus facile de le découvrir, puisqu'en arrivant à Nantes avant lui, et en allant
à l'arrivage de tous les bâtimens qui
viendraient des îles, il n'était pas
possible qu'il pût leur échapper.

Elise convenait de la justesse de ce
raisonnement, mais toutes ses inquiétudes étaient loin d'être calmées; elle
n'avait aucune preuve que Charles se
fût embarqué pour la France, ce n'é-
tait qu'une probabilité que le gouverneur lui avait présentée, et que, dans
l'excès de sa douleur, elle avait saisi
avec avidité comme une certitude,
semblable à l'infortuné qui saisit un
faible roseau pour sortir d'un gouffre
qui doit l'engloutir. Maintenant que
l'espérance avait un peu calmé sa dou-

leur, la réflexion lui offrait de nouvelles craintes ; n'était-il pas possible
que Charles fût resté a St.-Domin-
gue ? Les vastes forêts, les montagnes
inaccessibles de cette île avaient pu
le dérober à toutes les perquisitions
que le gouverneur avait fait faire.
N'était-il pas possible aussi que, dans
le désespoir où il avait été réduit, le
malheureux se fût débarrassé d'une
vie qui désormais lui était à charge ?
Ces réflexions douloureuses qu'elle
communiquait sans cesse à Clarenville, étaient autant de coups de poignard qu'elle donnait dans le cœur
de ce tendre père ; ces réflexions, ces
craintes s'étaient aussi souvent pré-
sentées à son esprit ; mais il se gardait
bien de les faire partager à sa fille, il

cherchait au contraire à lui donner
des espérances, qu'il était loin d'em-
brasser lui-même avec une entière
confiance, et ce fut au milieu de cette
fluctuation d'espoir et d'inquiétude,
qu'ils entrèrent enfin dans le port
de Nantes, quinze jours avant l'arrivée du vaisseau qui portait Charles,
l'objet de toutes leurs pensées.

Philippe et Véronica furent de suite
transférés dans les prisons de la con-
ciergerie, et Clarenville ayant loué
un logement commode, s'occupa sur-
le-champ des grandes affaires qui
avaient nécessité son voyage. Son
premier soin fut d'aller trouver les
magistrats, ét de les prier de faire au
plutôt les poursuites nécessaires pour
constater l'état civil de Charles ; il

mit sous leurs yeux le procès-verbal dressé par le gouverneur de St.-Domingue, et qui contenait le commencement des révélations faites par Véronica. Les magistrats qui n'avaient pas oublié l'horrible procédure intentée si injustement contre Clarenville, crurent qu'il était de leur devoir de le dédommager, autant qu'il était en eux, de cette cruelle persécution, en mettant toute l'activité possible dans une affaire où son cœur, son honneur et sa fortune étaient intéressés. Ainsi dès le lendemain, on procéda à l'interrogatoire des accusés.

Véronica, fidèle au plan qu'elle avait formé, et aux espérances qu'elle avait conçues, persista à dire qu'elle ne révé-

3. 21

lerait rien, qu'on ne lui eût promis
sa grâce ; du reste, elle nia formelle-
ment qu'elle eût eu aucune part à l'assassinat de Robert Clarenville. Philippe, interrogé à son tour, voulut
aussi nier ; cependant, quand on lui
eut mis sous les yeux la lettre écrite
de sa main, qu'on avait trouvée sur
le cadavre de Marclof, il pâlit, parut
quelque temps embarrassé ; mais reprenant bientôt son audace naturelle,
il déclara que cette lettre n'avait
jamais été écrite de sa main, et offrit
de le prouver en écrivant devant ses
juges. L'offre fut acceptée, et comme
le coquin savait contrefaire son écriture, on se doute bien que les caractères qu'il traça ne ressemblaient au-
cunement à ceux de la lettre trouvée

sur Marclof. Le scélérat triomphait déjà en lui même de l'embarras où il avait jeté ses juges; mais son triomphe fut de courte durée.

Deux voleurs de grands chemins que l'on avait arrêtés, et que la cour de Rennes venait de condamner à mort, touchés par les exhortations pieuses de leur confesseur, avaient demandé, avant de mourir, à faire la révélation de tous leurs crimes; et là ils avaient donné au procureur du Roi tous les détails de l'assassinat de Robert, et accusé Philippe et Marclof comme les principaux auteurs du meurtre dont ils avaient été les complices. On avait suspendu l'exécution de ces deux brigands pour les confronter avec Philippe, que l'on savait être en jugement à Nantes;

aussi, quand Philippe vit paraître ses deux complices, tout espoir de salut l'abandonna, et il finit par tout avouer. En conséquence, il fut condamné à être rompu vif.

Quand il sut que Véronica l'avait renié pour son fils, et avait déclaré qu'il était le fils d'un bourreau, il entra dans une si grande fureur contre elle, que pour l'entraîner dans sa ruine, et lui ôter tout espoir de salut, il n'hésita pas un moment à la dénoncer comme ayant empoisonné madame Clarenville et le nègre Domingo. Cette nouvelle accusation remplit d'horreur Clarenville et l'aimable Elise. Il leur sembla qu'ils venaient de perdre une seconde fois cette mère, cette épouse chérie; ils refusaient de croire à une semblable atrocité; mais

Philippe, poussé par le démon de la vengeance, n'omit aucun détail, et prit un tel plaisir à accabler Véronica, que celle-ci n'eut plus la force de nier ce double crime; elle avoua tout, en maudissant le monstre qui avait été la principale cause de ses crimes, et qui, par une juste punition de Dieu, devenait son accusateur et son bourreau.

Dès-lors elle perdit tout espoir d'obtenir sa grâce, et se livra au plus affreux désespoir : quand elle entendit prononcer l'arrêt qui la condamnait à être brûlée, elle poussa des hurlemens effroyables, et lorsqu'on voulut essayer de la faire expliquer sur l'enfant substitué au fils du bourreau, elle ne répondit que par des imprécations.

Cependant la justice ne restait pas oisive ; elle en savait assez pour se

passer des révélations de Véronica ;
le peu qu'elle avait dit suffisait pour
parvenir à l'entière vérité. On fit venir
la femme du bourreau de Blois, celle-
ci avoua tout, indiqua la demeure
de la paysanne qui avait servi de
nourrice à son fils ; cette femme
vivait encore, son témoignage con-
firma ce qu'avait dit la première, et la
Cour rendit un arrêt qui déclarait
Charles fils et unique héritier de tous
les biens de Robert et de Julie Clarenville ! Ces deux femmes se souvenaient
très-bien des caractères qui étaient
gravés sur le bras de l'enfant, et, d'a-
près la déclaration de Clarenville et
d'Elise, et les preuves que produisit
le premier , il fut avéré que Charles
était l'enfant de Julie.

Le jour fixé pour l'exécution de

Philippe étant arrivé, on le trouva
mort et nageant dans son sang; il s'était
ouvert les veines avec un clou qu'il
avait eu l'adresse de se procurer. Mais
la justice qui croyait alors qu'il était
utile et nécessaire d'imprimer au
peuple l'horreur du crime par des
exemples frappans, avait ordonné qu'il
serait traîné sur la claie, suivant l'u-
sage adopté pour les suicides. Quant
à Véronica, on la trouva également
morte dans son cachot, mais sans
aucun indice de mort violente : on
présuma qu'elle s'était empoisonnée;
mais comme on ne put en acquérir
aucune certitude, elle ne fut pas condamnée au supplice des suicides.

Le bourreau de Blois était absent
quand la justice fit assigner sa femme,
et si l'on considère l'isolement dans

lequel les hommes de cet état étaient obligés de se tenir, le peu de communications qu'ils avaient avec les autres, on ne s'étonnera pas que celui-ci ait ignoré tout ce qui venait de se passer à l'égard de Charles, et qu'il ait persisté à le croire son fils. D'ailleurs, il ne faisait que d'arriver à Nantes lorsqu'il rencontra l'infortuné jeune homme; et l'arrêt qui lui rendait son nom, son état et sa fortune n'était pas encore public.

Maintenant que le crime est puni, que les scélérats qui ont si souvent, dans cette histoire, soulevé le cœur de nos lecteurs, ont disparu du séjour des vivans, respirons un moment, et détournons la vue de ces hideux tableaux, pour les porter sur des objets plus agréables. sur un avenir serein

à la vérité, mais qui n'est pas encore
sans nuages. Ce jour même Clarenville et Elise avaient été mandés au
greffe , pour quelques formalités à
remplir, relativement aux affaires importantes qu'ils venaient de terminer.
Monsieur Clarenville ne pouvait apprendre sans chagrin que c'était son
fils qui avait si misérablement péri
dans la Loire ; mais Elise ! Qui se char-
gerait d'exprimer ses sensations ? Sans
doute, il lui eût été doux de trouver
un frère ; mais quoiqu'elle ne s'expli-
quât pas entièrement sur cet article,
nous osons affirmer qu'elle respira
plus librement , qu'elle fut soulagée
d'un grand poids, quand elle apprit
qu'elle pouvait aimer, sans crime ,
celui qu'intérieurement elle craignait

de trop aimer comme frère. « Mais où est-il donc ce cher cousin ? Nous a-t-il devancés ? N'est-il pas encore arrivé ? Aurions-nous le malheur de ne le pas retrouver ? » Voilà les questions qu'elle se faisait dans le greffe, lorsque tout à coup un grand tumulte se fait entendre, la porte s'ouvre avec fracas, et l'objet de toute sa tendresse, celui qui, dans ce moment, comme toujours, occupe son cœur et sa pensée, pâle, échevelé, les yeux égarés, la bouche écumante de douleur et de rage, paraît devant elle, poussé par des soldats inhumains, et conduit par le bourreau. Elle jette un cri, et son amant, comme nous l'avons dit, tombe sans connaissance sur le plancher.

~~~~~~

CHAPITRE XXXVIII.

Conclusion.

CHARLES fut long-temps à reprendre connaissance. Enfin il revint à lui. Sa première pensée fut une pensée d'horreur ; il craignait en ouvrant les yeux, de rencontrer le barbare qui venait de l'entraîner à l'infamie, ou les objets qu'il avait tant chéris, et qu'il croyait ne plus pouvoir regarder sans honte. Quelle fut donc sa surprise, lorsque son premier regard, au lieu de tomber sur le sombre greffe d'une prison, comme il s'y attendait, lui fit voir un lieu qui lui était totale-

ment inconnu! Il était tombé sur le
plancher, et maintenant il se trouvait mollement étendu sur un lit de
repos, dont l'élégance et la propreté
éloignaient toute idée de prison. Ses
yeux étonnés se promènent sur des
glaces magnifiques et des meubles
en acajou. Il croit rêver, il craint
de s'éveiller, il tremble qu'en faisant
un mouvement, ces prestiges de son
imagination ne s'évanouissent, et ne
cèdent la place à toutes les horreurs
de sa cruelle destinée. Mais ce qu'il
croit un songe agréable, n'a pas encore épuisé toutes ses illusions ima-
ginaires; une voix douce, une voix
qu'il reconnait trop bien, se fait entendre presqu'à son oreille : « Eh bien,
mon ami, comment vous trouvez-

vous ? » Juste Ciel ! C'est Elise qui lui
parle, c'est elle, il n'en peut douter ;
elle a pris sa main, il la sent trembler dans la sienne : Non ! l'illusion
d'un songe ne peut aller aussi loin !
Eh quoi ! Elise est près de lui, elle le
touche sans frémir, elle lui parle, et
il retrouve dans cette voix angélique
le doux, le pur accent de l'amour !
Mais son étonnement est au comble,
lorsqu'il entend, lorsqu'il voit Clarenville lui-même : Clarenville ! Il l'appelle son fils ! Dût-il en se réveillant
se trouver plongé de nouveau dans
toutes les angoisses de la mort,
Charles n'y peut plus tenir, il faut
qu'il s'assure si ce qu'il voit, si ce
qu'il entend n'est pas l'effet d'un
songe trompeur, ou d'une imagina-

tion en délire. Il se lève, il jette autour
de lui des yeux égarés, il étend les
bras involontairement, et Clarenville
le presse contre son cœur.

Charles ne sait où il en est ; une
idée pénible obscurcit un moment la
sérénité de ce bonheur inattendu ;
c'est la pitié, sans doute un reste
d'égard, pour un malheureux, qui
leur fut cher, qui porte Clarenville
et sa fille à lui donner quelques soins,
quelques consolations ; quand ils lui
auront rendu une vie qui lui est
odieuse, ils le fuiront, ils l'abandon-
neront aux rigueurs de son sort. Telles
sont les pensées de Charles. Rempli
de cette idée, il repousse les caresses
de Clarenville. « Que faites-vous, lui
dit-il, fuyez, fuyez un malheureux

indigne de vous approcher ! Avez-
vous oublié que je suis le fils.....

« Le fils de Julie, interrompt vivement Clarenville, le fils de mon
frère chéri .... mon fils !

— Mon cousin, mon ami ! Toujours, toujours mon meilleur ami, s'é-
cria Elise, avec un ton si doux, des
yeux si pétillans de joie, que son
amour pour Charles paraissait s'être
encore augmenté, si cela eût été
possible.

— Grand Dieu ! Moi, votre neveu !
Votre cousin, Elise ! Ah ! par pitié ne
me trompez pas ! Elise ! Clarenville !
je vous appartiendrais par les liens du
sang ! Serait-il possible !

— Cela est très-vrai, Monsieur,
dit Elise, reprenant le ton de naïveté

qui lui était naturelle : peu s'en est fallu que vous ne fussiez mon frère ; mais à parler franchement, j'aime autant que vous ne soyez que mon cousin.

— Je ne sais plus où j'en suis ! Ah Dieu ! Si c'est un rêve que je fais, ne permettez pas que je m'éveille jamais ! Je m'y perds ! Tout à l'heure encore le barbare que je nommais mon père..... Et maintenant..... Mais vous ne voudriez pas me tromper si cruellement.

— Oui, oui, dit Elise, il a fallu de grandes catastrophes, des événemens extraordinaires, presque des miracles pour amener cette reconnaissance, tandis qu'il vous était si facile de nous éviter tout cela.

— A moi ? Je ne vous comprends pas.

— Je le crois bien, il ne fallait pas être si discret, Monsieur ! Si vous aviez dit seulement un mot des jolis caractères qui sont gravés sur votre bras, il y a long-temps que nous serions mariés. Voyez-vous ce que l'on gagne à être si dissimulé ?

— Quoi, ce sont les lettres qui sont gravées sur mon bras....

— Oui, Monsieur ; un C., un R et deux cœurs unis, n'est-ce pas cela ? Ces lettres signifient Clémence Rivière ; c'était le nom de ma mère ; c'est elle-même qui les a gravées, elle m'a raconté cette histoire-là plus de dix fois, et les deux cœurs étaient le symbole de l'amitié qui l'unissait à sa sœur

5. 22

Julie, dont vous êtes le fils. Pourquoi n'avez-vous jamais parlé de cela ?

— Moi, juste Ciel ! Apprenez l'erreur dans laquelle j'étais. Né pour l'infamie, du moins je l'ai cru jusqu'à ce moment ; frappé de réprobation, élevé
dans l'ignorance du monde et dans
l'isolement ; nourrissant, dès l'âge de
penser, une répugnance ou plutôt une
horreur invincible pour ma destinée
future ; j'ai cru que ces lettres étaient
le signe distinctif de l'état atroce auquel j'étais condamné : j'ai cru qu'on
me l'avait gravé, pour qu'il offrît un
moyen de me reconnaître, si jamais
j'essayais de me soustraire à cette horrible vocation, et j'ai toujours mis
autant de soin à les cacher à tous
les yeux, que j'avais de répugnance

à y porter les miens; en un mot, je
regardais ces lettres comme le cachet
de l'infamie. Mais je vous en supplie,
achevez d'éclairer mes doutes; tout ce
que vous m'annoncez me paraît si
incompréhensible, que je n'ose encore me livrer sincèrement à la joie. Je
crains, je tremble que l'amitié que vous
avez pour moi ne vous égare, que vous
ne preniez enfin des probabilités séduisantes pour des preuves certaines. »

Rien ne rafraichit le sang, rien ne rétablit les forces affaiblies par quelque
peine violente, comme l'espérance
du bonheur. Charles assura à ses amis
qu'il ne se sentait plus de la crise qu'il
avait éprouvée, et qu'il était en état
d'entendre le récit des événemens
qui l'avaient si subitement élevé du

fond de l'abîme au plus haut degré
de félicité où un mortel puisse attein-
dre sur cette terre. Elise se chargea
de la première partie du récit ; elle
raconta le mariage de ses parens, la
naissance des deux enfans, la tendresse des deux mères pour eux, leur
enlèvement, et les malheurs qui en
avaient été la suite ; sa mère ne lui
avait laissé ignorer aucun de ces détails. Clarenville à son tour se chargea
de la tâche pénible de retracer les
crimes de Marclof et de Philippe, et
les révélations de Véronica, qui les
avaient conduits enfin à la découverte
d'un enfant, qui avait inutilement
été l'objet de leurs recherches depuis
tant d'années. Ce récit fut long, et

souvent suspendu par des pleurs et des sanglots ; Clarenville le termina en présentant à Charles l'arrêt de la Cour qui le reconnaissait pour le fils et l'héritier de Robert.

« O que les voies de la Providence sont merveilleuses ! s'écria Charles, après ce long et douloureux récit. Comme elle se plaît à déconcerter tous les projets des coupables ! Ici, pas un scélérat qui n'ait vu retomber sur sa tête le supplice qu'il préparait à l'innocent opprimé. On me condamne à prendre le nom et l'état de Philippe, et c'est de ma main qu'il reçoit la première flétrissure. Marclof me croit victime du complot qu'il a ourdi contre mes jours, et c'est de ma main qu'il reçoit la mort, au

moment où il allait commettre un
nouveau crime. Sa mort fait découvrir son féroce complice, qui se croit
en sûreté, parce qu'il a mis l'immensité des mers entre le théâtre de ses
forfaits et lui; enfin, l'arrestation de
Philippe entraîne dans sa ruine la vile
créature qui, par amour pour les
richesses, avait déposé dans son cœur
toutes les semences de la déprava-
tion. Non! Dans cet enchaînement de
circonstances terribles et extraordinaires, il est impossible de mécon-
naître le doigt de ce Dieu qui veille
pour la sûreté des bons et la punition
des méchans ! »

Qu'aurions-nous encore à ajouter à
cette histoire? Toutes les craintes sont

dissipées ; l'avenir n'offre plus rien que
d'heureux ; nos amans sont enfin réunis
pour ne plus se séparer. Nous n'ap-
prendrions rien de nouveau au lecteur, en le faisant assister au mariage
de Charles et d'Elise, car on se doute
bien qu'il ne tarda pas à être célébré.
On se doute bien aussi que ce couple
fut heureux : ils avaient payé le bonheur assez cher, pour en sentir tout
le prix. Mais comme un bonheur
tranquille et uniforme n'a de prix réel
que pour ceux qui le possèdent,
que la description des plaisirs purs
de trois personnes vertueuses aurait
peu d'attraits pour des lecteurs qui
ne cherchent dans les romans que des
catastrophes, nous terminerons ici
notre histoire, en souhaitant aux jeu-

nes personnes qui nous ont lus , des époux aussi beaux , aussi intéressans , mais plus heureux que Charles ; et à nos jeunes lecteurs des épouses qui joignent aux richesses d'Elise , sa beauté, sa candeur, sa tendresse et sa vertu !

FIN DU TROISIÈME ET DERNIER VOLUME.

www.ingramcontent.com/pod-product-compliance
Lightning Source LLC
Chambersburg PA
CBHW070451030726
47503CB00004B/991